透明人間は密室に潛む

人潛入密室

あつかわたつみ

阿津川辰海——著

詹慕如——譯

CONTENTS

透明人潛入密室

「如你所見，可憐的男人消失不見形跡，只剩地板上那道紅色痕跡。世上怎麼可能發生這種事。」

G．K．切斯特頓（Gilbert Keith Chesterton）
〈看不見的人〉（*The Invisible Man*）（中村保男譯）

1

站在洗面台的大鏡子前，可以看到只有脖子恢復透明的狀態。約莫是頸動脈附近。光穿透過去，染得漆黑的長髮直接映入鏡中。

「彩子，妳脖子那邊是不是又變透明了？」

站在我身旁繫領帶的丈夫看著鏡裡這麼對我說。

「真的耶，我現在才發現。」

「早上忘記吃藥了嗎？」

「是啊，等一下我會記得吃。你領帶歪了。」

我伸手到丈夫頸邊，調整他的領帶結。

「謝謝。那我走嘍。」

丈夫對我露出微笑。我很喜歡丈夫上班前給我的溫柔微笑。

「路上小心。」

在玄關送走丈夫後，終於開始我悠閒的晨間時光。窗外照射進來的朝陽，讓人心情也開朗了起來。

我照丈夫說的吃了藥。把晨間新聞節目當背景音樂襯著聽，攤開報紙，看到社論上出現「透明人病」這幾個字，雖然有種在背地裡被偷偷議論的不舒服，還是快速掃了一下內容。

透明人病是一種因細胞變異導致全身透明的可怕疾病。目前全日本約有十萬、全世界約有七百萬患者。距離人類史上首次確認發病的病例已經過百年有餘。透明人的存在引發了社會系統、軍事、各國諜報戰莫大混亂。如今紛亂已然平息，正逐步摸索如何與透明人共生的社會模式。

然而，最近卻接連發生幾起透明人成為被害人的悲慘事件。

日前內閣府的調查顯示，透明人家暴受害案件日益增加。受害性別不分男女。這

類惡質案件發生的起因是透明人身上的瘀痕、創傷不會被人發現。通常為了避免被發現有家暴情事，施暴者往往會避開臉部下手，但在這類案件中加害者並無此必要，因此案件受害程度格外嚴重。

根據目前的技術，尚無法完全抑制透明化，因此不僅無法確認傷勢，原則上僅能仰賴家暴受害人自我申告的供詞，而加害者當然會否認施暴。由於無法找到證據，更讓受害透明人陷入困難處境。

我們不斷在摸索與透明人共生的社會。透明人有義務維持非透明的狀態。藉由服裝、化妝、染髮，以及最極致的手法——美國所開發的新藥，這種藥物五年前終於在日本獲得許可。抑制透明化的這種新藥功能尚不完整，而且僅能以特定顏色重現，但這仍是首次成功的口服藥治療方法。原本在透明狀態下無法接受的醫療處置，服藥後得以順利進行。罹患透明人病的患者，體內老廢物質也會變得透明，包括血液在內，因此無法接受血液檢查。新藥問世後終於能改善這種狀況。

透明人病相關的技術日新月異，今後也可望預見更光明的未來。

不過，與透明人相關的社會問題，似乎卻愈來愈不透明。

最後的結論如此平凡，真沒意思。這篇社論之後還老套地強調了一番鄰居交誼的重要、身邊如果有透明人時該有的關懷等等。

旁邊則有一篇比較有趣的相關報導。

那是關於日本透明人研究權威川路昌正教授新藥開發的報導。

讀完之後我將報紙疊好放下。大概放空了一陣子，不知不覺已經中午了。我吃了簡單午餐，拿出抑制透明人化的鋁箔藥片。

——小姐，妳運氣真好。

我想起十幾年前，罹患透明人病後去看醫生時聽到的這句話。

——妳知道嗎，幾年前「透明人病」才終於成為國家的指定罕病呢。有沒有指定差別可大了，這關係到昂貴藥物能不能獲得補助。其中分水嶺就在於是否為指定罕病。我也不知道這樣說好不好，但希望妳可以正向看待，幸好這是有名的病呢……

聽起來醫生很篤定相信，如此平靜告知事實跟評估能讓我放心。

想起這個不愉快的回憶，我深深躺進客廳椅子裡。

「到頭來還是把我當病人啊……」

忍不住自言自語了起來。

當然，吃了藥之後透明人可以變得跟一般人一樣不透明，這確實是好事。透明的狀態下根本無法走在人多的地方。不能去買東西，也找不到工作。所以才得吃藥，有必要時不管是男是女都必須化妝。新藥還沒進口的時候，透明人的基本裝備是彩色隱形眼鏡，用來遮蓋難以著色的眼睛，清楚重現瞳孔。

為什麼我們不能維持透明的狀態呢？

我想起剛剛那篇川路昌正教授的報導。

——下一個瞬間，我捏碎了手裡的藥。為了不被丈夫發現，我在馬桶裡沖掉粉碎的藥。

我再次變得透明。

川路是T大學的教授。研究室位於大學校內，最近的車站是U站。那裡警備森嚴嗎？有沒有機會接近教授？

無論是哪個問題，對透明人來說都不成問題。

殺了川路昌正。就在這個瞬間，我腦中出現了這個計畫。

＊

小巷弄裡傳出尖銳的叫聲。

「啊，幹嘛拿我的直笛！」

「還不是你笨才會被拿走！」

兩個小學男孩在互相追逐，搶走直笛的那個撞上了我。「好痛！對不起！」男孩摀著鼻子說。

「沒關係，但是走路記得要看前面喔。」

我有點擔心自己的笑臉會不會太僵硬。

上午八點十二分。這時間不能走這條路。

這一帶除了川路教授任職的大學，還有多所幼稚園、小學、知名升學名校等教育機構。當然得考慮到上學時段。我避開交通量多的大馬路好不容易來到大學附近，沒想到會在這裡遇到障礙。被人撞到是變透明後最可怕的事。

學區都不能經過。之後還得調查一下道路標識。

停止服用抑制透明化藥物已經過了兩個多星期，身體漸漸回到原本透明的狀態。發揮我的老本行彩妝技術，在頭和手腳等外露部位化上自然妝容。透明人為了更接近一般人，通常會染髮，但是當我想到這個計畫時，就開始褪去髮色、戴上假髮。

我隱瞞自己漸漸恢復透明的事實——開始模擬變透明時能不能順利從自家前往研究室。

透明人的特徵有幾項：

- 透明人可以讓光穿透身體。變透明後，無論運用任何方法都無法靠視覺識別。
- 除去光學意義上的透明之外，透明人為一種實體存在，因此無法穿牆。
- 透明人並不具備讓其他東西變透明的技術。透明人病不會傳染，無法讓他人也變透明。

基於第一個特點，無論研究所戒備再如何森嚴，我都有辦法入侵，這可說是我計畫中最重要的關鍵。研究所出入口裝設了需以門卡開啟的電子鎖。但是只要偷偷跟著有門卡的職員就能輕鬆突破這個關卡。只要能進入研究所內，再來只須找出川路教授的研究室。

不過第二個特點會是個嚴重阻礙。假如開門時被撞見，而對方沒看見人影，這反而能證明現場有透明人存在。換句話說，我也不可能攜帶兇器，因為我無法讓自己手上握的東西變透明。為了盡量縮短兇器飄浮在半空中的時間，必須當場在川路教授研究室裡尋找堪用的東西。

另外，執行計畫期間也不能穿上任何衣物。身為女人，要在人前「全裸」讓我心理上有些抗拒，但這畢竟是孤注一擲的計畫，也只好妥協。

關於第二點還有一個困難，那就是我現在正絞盡心思在研究、如何規劃前往大學路徑這個問題。

全身透明走在街上時，汽車固然可怕，其實路上行人讓我更加害怕。當自己是透明的狀況下，無法期待對方會主動避開自己。更別說行動完全無法預測的小孩了，根本寸步難行。實在太危險。

假如疏於預演，走上今天這條路的話……那男孩撞上空無一物的空間後，不知道會鬧成什麼樣子。光想像就夠嚇人的。

不只這樣。從家裡該怎麼前往最近的車站也是一個問題。

首先要從家裡搭電車到離大學最近的車站。但這條路實在太令人絕望。通勤通學時間電車總是塞滿了人，搭車時不可能不接觸到別人。這條路線平常就很擠，就算錯開尖峰時段也還是叫人不安。同樣的問題搭公車或計程車一樣會發生。

於是，從家裡到大學附近這段路我決定開丈夫的車。趁丈夫不注意開他的車，行動時段就挑丈夫上班後到回家之間這段時間。在研究室入口緊跟在職員身後偷偷潛進去，職員出入愈多，機會也就愈多。結論是，最理想的時段就是利用平日上班時段前往大學。

更讓我煩惱的是「變透明」的地點。如果以透明狀態離開家，那街上行人看到無人的駕駛座可能會嚇暈吧。也不能改造車子例如玻璃上貼隔熱紙等等，這樣可能會被丈夫發現。

先開車到大學附近停車場，在車裡脫掉衣服、卸妝——這應該是最好的方法吧。假如延後變身時間，可能得在廁所之類的地方換裝，那脫下來的衣服就沒地方收了。衣服放在車裡，就不會留下證據。

停車場最好挑選位處陰暗、也不需要跟工作人員打照面的地方。這樣脫下衣服跟卸妝時被看見的風險就能減到最低。我看上距離大學最近的一處立體停車場。到這邊為止都沒有問題，不過研究路線似乎得花不少時間。

現在還有成堆問題待解決。

透明人要殺人，其實也不簡單。

「彩子～還沒洗好嗎？」

丈夫的聲音有點不耐。

「等一下～」

我平常泡澡就泡很久，他應該不會起疑。還有該做的事沒完成。

一旦變得完全透明，身體上所有污垢就會成為標示自己存在的信號。餐後刷牙、清潔牙間等，現在都成為無比重要的工作。

其中特別麻煩的就是指甲裡的污垢。身體頑垢屬於老廢物質，會以透明狀態排出，但髒污就不同了。就算只是一點點，看起來也會像是浮在空中的黑色污點。

我買了清潔指甲垢專用的尼龍刷，確實可以清掉一大部分，但這樣還不夠，我又買了不鏽鋼製的剔甲器，沒想到挖得出乎意料地深，差點傷到指甲下皮。現在比我之前迷上美甲時更用心在保養手部。

連指甲下方都清乾淨後，我赤身裸體站在鏡子前。

這透明的樣子簡直讓人著迷。

蓮蓬頭的水飛濺在空中。泡在浴缸裡時，水中會空出一個不定的人形，配合我身體改變形狀。我有種顫慄的快感。這是罹病以來我第一次變得完全透明，心中湧起一股愉悅。

新藥還沒進口時，我單純靠化妝來遮掩透明狀態。當時有個我很喜歡的遊戲。洗掉食指第二關節到指根的顏色，零點時站在大樓陽台，讓滿月填滿我食指中間的空隙。如此而已，有點幼稚的遊戲。享受那種滿月成為我專屬戒指的錯覺。是個開心的小遊戲。

我現在心裡湧上的，就是當時那種開心的感覺。

但我的計畫現在才要開始。在理應沒有其他人的房間裡被慘殺的川路教授，當我俯瞰著他時，應該可以迎接愉悅的最高潮吧。

開始研擬計畫過了一個月。八月三日。

本來想付諸實行，但是這天一早就下起大雨。我決定推遲一天執行。

我還得避開雨雪。在雨中走路旁人一眼就會看穿有透明人存在，雪裡也一定會留下足跡。

八月四日。我決定在這天行動。清晨起床，先將露在短袖襯衫和裙子外的手臂、手、腳、臉部化好妝，假裝成透明人服藥後的樣子。戴上假髮來蓋住透明的部分。在丈夫面前我穿了襪子遮掩。

因為太緊張所以沒什麼食慾，但如果緊要關頭因為肚子叫起來被發現，那可就功虧一簣了。我把桃子放進果汁機，用湯匙小匙小匙地舀起，仔細咀嚼後喝下。「消化」時間已經測量完畢。這個時間起來進食，等我開車到達停車場時食物已經會跟體內組織變得一樣「透明」。

「那你路上小心啊。」

「……好，我走嘍。」

丈夫頭也沒回，逕自離開家。

相隔五分鐘後，我拿起車鑰匙出門。

離開家，我盯著對面房間嘆了一口氣。身體開始顫抖。我住的大樓隔著走廊東西兩邊各有一排房間，室內格局也東西對向呈線性對稱。現在的我看起來確實是個非透明人，但是穿著外出服一大清早出門，很可能會讓鄰居起疑。我家在九樓，為求保險，我走樓梯來到地下停車場。

開了丈夫的車出發。交通量跟我事前模擬的相去不遠，沒怎麼塞車就到達目的地，順利將車停在立體停車場低樓層裡。

停好車時，我感覺到一股視線。

是個嬰兒。坐在隔壁車裡的嬰兒隔著窗直盯著我，　臉呆滯吸著拇指。嬰兒的父母親下了車，正從後車廂搬出大件行李。攜家帶眷在平口這麼早的時間外出？怎麼偏偏是今天？我在車裡坐立難安地等待這一家人離開。早上的時間分秒必爭，短短數分鐘的損失都可能成為致命傷。

等他們消失後，我迅速移到後座。脫下衣服拿掉假髮，卸下臉和外露部位的妝。指甲下方也沒有留下一點污垢。停車場的監視攝影機位置我記得一清二楚，攝影機絕對拍不到後座。

接下來才是問題。

看準了周圍沒人的時候，我迅速打開後座再關上。用事先準備好的封箱膠帶將車鑰匙貼在車底。雖然只是個小東西，也不能隨身帶著走。

離開立體停車場，夏天的陽光直接曬在我肌膚上，我滲出汗來。汗也屬於老廢物質，一樣是透明的，但也不能用毛巾擦，只好繼續在這種不舒服的狀態下行動。為了不留下足跡，我避開土壤和草地，特意挑柏油路和混凝土上走。太陽愈爬愈高，等到柏油路變熱就很難赤腳走在上面。事情結束之後得盡快回到車裡才行。沾在赤裸腳底的細砂粒和垃圾讓我有點緊張。雖然事前也設想過，但沒想到今天會這麼熱。腳底流出的大量汗水讓狀況變得更糟。我盡量挑選陰涼處，走路時避免把腳抬得太高。

我避開車輛和行人，一步一步走近大學。即使變得透明，一樣得小心避開車輛，所以必須走在人行道上，也得依照交通號誌過馬路。等紅綠燈時我會跟其他人保持一段距離，避免碰撞，這樣其實比一般人行動更不自由。我沒來由地覺得生氣。

在停車場延遲的幾分鐘起了作用，現在其中一條路上已經進入小學上學的時段。幸好我事先規劃了兩條路線。

走進大學校園。

我站在研究所前，等待職員出勤。

這時出現一個臉色很差的駝背男人。他一手拿著連鎖咖啡店的冰咖啡，正走向建窠。從年紀看來應該是研究生吧。他將手伸進口袋裡掏摸。我緊跟在他身後，等他打開門。

狀況就在這時候發生。

為了翻找兩邊口袋，他匆忙輪流交替左右手拿冰咖啡，手一滑——冰咖啡容器落到地面。

（危險！）

我忍住沒發出聲音，急忙往後退。

「笨蛋！很危險耶！」

背後傳來一個女人的怒吼聲，這時我整張臉都鐵青了。

「你看，我白袍都髒……咦……？」

飛濺的咖啡本來應該弄髒我身後那個女人的白袍，但現在卻附著在我看不見的身體上，漂浮在半空中。也難怪她起疑。

「抱歉抱歉，對不起啦。裡面應該有能替換的白袍吧？」

說著，男人用門卡開了門。

我連忙趁這個瞬間鑽進研究所裡。

（都怪那個嬰兒）

我緊咬著唇。

停車場的那個嬰兒。從那個瞬間起，時間一點一點錯開，打亂我的計畫。

那個時候開始，一切都往糟糕的方向漸漸走偏。

我衝進廁所，迅速用紙巾擦掉咖啡。幸好女廁裡沒人。

剛剛她發現了透明人的存在嗎？希望那個起疑的白袍女人只覺得是自己多心。

假如事情傳進川路教授耳裡，讓他有所警戒，說不定會鎖上他的研究室，那我就沒機會潛進去了……

不，別再說這些喪氣話了。

剛剛發生咖啡意外時，想逃也不是逃不了，但我還是選擇繼續前進。那時我就已經下定決心，絕不回頭。既然如此，只能硬著頭皮走到最後一步。

女廁門打開，一個身穿套裝的女人走進來。我趁著門開的時候輕輕按住門逃了出來。假如有誰在測量，應該會發現這扇門靜止了三秒左右吧。

我已經事先確認過川路教授研究室的位置。再來只要等有人出入的時機潛進去就行了。幸好，在研究室門前埋伏了幾分鐘後，就來了一個交報告的男學生。看來我今天很走運。

門一開，我趁隙鑽了進去。

「教授，我來交報告。」

「喔，是你啊……」

教授坐在房間後方桌前。男學生筆直走向教授。

我小心跟兩人保持距離，躲在進門左邊那張桌子後面。

研究室裡很窄，除了川路教授自己的書桌，還有四張研究生用的桌子。每張桌上都散放著文件，想開電腦還得先整理桌面。牆面排滿了文件櫃和書架，保存著各種龐大實驗數據和資料、文獻。房間一角有流理台，以一間研究室來說，這裡的烹調器具和調味料算是相當豐富。

「我之前說的地方你沒有修改好。」

教授從報告中抬起頭，繼續跟男學生交談。他們會談多久呢？假如現在有人進來通報有透明人入侵的話……

額頭漸漸滲出冷汗。

找到適合當兇器的東西了。入口附近擺放裝飾品的櫥櫃裡，有個金屬盾牌，大約二十公分見方，可能是某種紀念品吧。文件櫃裡也放了一些紀念獎盃之類的東西，但還得先打開文件櫃才能取出。流理台下的櫃門裡可能有菜刀，不過打開櫃門一樣有風險。

「改好後三天之內交上來，遲交就拿不到學分了。」

男學生的拳頭在顫抖。他低著頭，頹喪離開房間。川路教授長嘆一口氣後坐在自己桌前，背向我這裡。

就是現在。

我終於有機會接近裝飾櫃。

我輕輕拿起盾牌，小心不被他發現。盾牌有點重量不太好拿，算是個小瑕疵，但作為兇器已經很夠用了，再加上它本來就放在櫃上裝飾，少了許多取用的前置作業。

我拿起盾牌。一邊感受著重量，一邊悄悄走近川路教授。

他是個身高將近兩公尺、肌肉結實的壯漢，相較之下，我只是個一百四十公分左右的弱女子。假如不趁對方坐著時攻其不備，完全沒有勝算。

就在這時候，腳邊傳來「刷」地一聲。

我屏住呼吸。看看發出聲音的方向，原來是我踩到了掉在地上的文件。

「咦？」

川路教授面露狐疑，將身體轉了過來。他一定看到了浮在半空中的盾牌吧。只見他睜大雙眼和嘴巴，就像隨時都要大叫出聲。

沒時間猶豫了。我雙手緊握盾牌，直直往川路教授額頭砸下——

在流理台洗掉濺到身上的血跡後，身體再次恢復透明。

從川路教授屍體倒下的地方到流理台之間，留下了斑斑血跡，但是應該沒有任何關於我的痕跡。

我刪除了電腦裡所有研究數據，連備份也完全清除，文件櫃裡的重要資料全都放進碎紙機。這麼一來，至少可以讓川路教授打算開發的新藥延緩好幾年完成。假如永遠無法開發成功，更是再好不過。

這下終於能喘口氣。

上午十點三十二分。比預期花了更久時間。

再來只要打開門鎖，趁沒人時離開就行了——

就在這時候，有人敲了門。

「川路教授——川路教授您在嗎？」

我當場愣住。

「您還好嗎？如果沒事請回我一聲。有透明人潛入了這棟建築物。」

最讓我害怕的就是這個聲音的主人。

我丈夫，內藤謙介，為什麼他會在這裡？

「沒有用的，內藤先生。他一定已經被殺了。我不覺得透明人會一直悠悠哉哉待在房間裡。」

這男人的聲音我倒沒有印象。

還能爭取幾分鐘？

我迅速開始行動。確認門確實上了鎖後，我開始檢查房間裡。

這時背後啪沙一聲。轉過頭，顫巍巍堆在桌上的文件垮了下來。

「你聽，裡面是不是有聲音？」

「該不會真的是——」

我冷汗直流。還能爭取幾分鐘？我的大腦開始飛速運轉。無論如何都不能在這裡被抓到。

我得從這間密室裡消失才行——

2

我從什麼時候開始懷疑我太太的呢？

一開始是韭菜炒蛋和乾炸軟骨。

「我今天沒什麼食慾，你都吃了吧。」

說著，彩子把那盤韭菜炒蛋推到我面前，我當時的表情應該相當驚訝吧。「我說了什麼奇怪的話嗎？」她笑得有點不知所措。

「不、沒有啦……」

回答完後我把韭菜炒蛋吃得乾乾淨淨，但這件事對我來說相當古怪。韭菜炒蛋是我跟太太都很愛吃的一道菜，特別是她，簡直愛得不得了。她甚至說過，沒食慾的時候只要吃了這道菜就能恢復精神。

另一件怪事是乾炸軟骨。我在她很喜歡的一間小菜店買了軟骨帶回家，本來以為她會很高興，沒想到她碰也沒碰。

一天早上，太太在廚房裡把水果放進果汁機。我平時起得晚，所以她好像完全沒發現我已經起床了。她並沒有一口氣喝下變成果昔狀的水果，而是用湯匙一小口一小口舀起、送進嘴裡。對了，最近我經常自己一個人吃早餐，原來她都在這個時間先吃完了啊。

腳踢到放在地上的大型調味料瓶，發出瓶身碰撞的聲響。

太太倒吸一口氣，猛然轉過頭。

「……早啊，今天也不知道為什麼，早早就睜開眼睛了。」

明明沒什麼好尷尬的，我卻找了些聽來像藉口的說詞來搪塞。

「喔，這樣啊，那你等一下，我馬上準備早餐……」

說著，她用自己的身體擋住果汁機，表情顯得有些狼狽，就好像被人看見不該看的東西一樣。

「妳最近每天早上都喝果昔嗎？」

「啊？喔，對啊。」彩子微笑著說：「晨間節目說水果果昔對健康很好。而且真的很好喝，我最近迷上了。你也要來一杯嗎？」

「嗯，好啊，也給我一杯吧。」

坐在沙發上打開報紙，我注意到一篇關於川路昌正教授研究的報導。

川路教授正在開發的新藥，據說有可能讓透明人恢復成原本的身體。在能重現全身的藥物之前，他似乎打算先開發能恢復臉或手腳等的局部試用版。進口藥功效不佳時，需要針對外露「透明」部分補強化妝，雖然這只是試用版，但想必可以減輕不少這些化妝負擔，應該能讓透明人的生活輕鬆許多。旁邊的專欄報導裡還追蹤了川路教授的私生活，說到他的興趣是重量訓練，還寫到他精心鍛鍊出的肉體魅力，看了忍不住一陣苦笑。

透明人病出現已經百年多，相關治療多半偏向對症療法，也就是非透明化——不管是政策面或者藥劑皆然，但現在似乎終於可以看到根治的一線曙光。藥物世界的進展也日新月異。

認識她是在我大學的時候，當時美國新藥在日本還沒拿到許可，出門基本上都得靠服裝和化妝。當然，化妝只需要針對手腳和臉部等外露部位，不過脫掉衣服時……

想到這裡時，伴隨著鮮活的記憶，我彷彿看見了連接韭菜炒蛋、軟骨、果昔的一條線。

說來慚愧，我跟她的第一次進行得並不順利。原因在她的肚子。透明人可以被光穿透。她的胃裡正在消化當天聚餐時吃的東西，啤酒、生魚片、雞尾酒、炸雞的混合物化為濃稠的液體漂著。看到之後我頓時沒了興致。

（對不起，因為太突然了……）

（有一種塗了對肌膚無害的塗料，早知道會這樣我就先塗好了……）

沒能體貼她的狀況讓我很自責。我把這件事視為男人的羞恥深深記在心中，作為借鑑。

但重點在於能看見胃裡消化過程這個事實。

韭菜炒蛋裡的韭菜富含纖維質，乾炸軟骨同樣是不容易消化的食物。

我試著在網路上搜尋，找到了「透明人與飲食」這個頁面。纖維質的東西或者帶肉的軟骨、果實或蔬菜類的種子都會一直浮游在胃裡，難以被消化，假如咀嚼次數不夠，就會直接維持原形排便出來，對透明人來說是需要特別小心注意的食品。這個頁面已經很舊，是抑制藥獲得進口許可之前的記載，所以文章最後還特別寫了這麼一段話。

『當然，這都是抑制藥進口之前的問題。跟既有的塗料相比，這種藥物可以更簡便地重現膚色，無疑為透明人帶來了飲食的自由。』

沒有錯，如果一直維持非透明的話……

那個早晨之後又過了兩天，我悄悄觀察起太太服用抑制藥的狀況。她把兩顆藥放在右手掌心上，就這樣送進嘴裡，用拿在左手的水服下。但她緊握著右手的樣子並沒有逃過我的眼睛。她走在走廊上，不知為什麼右手在右邊牆壁前有一瞬間在空中揮了揮，然後進了左手邊的廁所。這一連串過程中，她都沒有打開右手。看來她並沒有服藥，而是沖進了馬桶。

很明顯地，我太太沒有服用抑制藥，企圖回到透明人「原本」的狀態。假如要恢復透明，就得盡量避開含纖維質的食品或軟骨類。當然，只要消化掉或排出來就可以了，不過根據她的目的，有可能無法容許這些東西留在肚子裡、飄在半空中。所以她才刻意吃容易消化的水果果昔。但我不懂她目的何在。

變透明在生活上一點都不方便。即使這樣也不惜變透明，想必有一定的理由。

在我開始思考這個問題的同時，又發現了其他線索。我車子的油變多了。說「變多」可能有點語病，我原本以為應該不到一半的汽油，不知什麼時候被補到將近全滿。一定是有人開了我的車，然後加了油。而車鑰匙除了我以外，就只有我太太能用。

趁我不在家的時候開車外出……

唯一的可能，就是她紅杏出牆。

變成透明，可能是想不被發現靜靜消失在我面前……一想到這裡我就覺得很害怕。我之所以希望她有顏色，或許是因為心裡一直害怕哪一天她會消失不見。她如果變透明，我就找不到她。說到底，我們現在舉國之力運用醫療技術持續想給透明人上色，可能就是源自這種恐懼？

可是我並不想懷疑妻子不忠。

另一方面，我也想確認真相。

就在這時候，我注意到郵箱裡一張廉價的傳單。在「茶風義輝偵探事務所」幾個單調文字底下，龍飛鳳舞地寫著一行「跟蹤有絕對自信！絕對不會被發現！挑戰困難案件！」我很難判斷這到底值不值得相信，但是我身邊也不認識其他偵探，於是決定試著找這個男人商量商量。當時我的精神狀況想必很不穩定，竟然會輕易相信這種可疑的傳單。

八月三日晚上。今天我下班後到「茶風義輝偵探事務所」，去聽他們的調查報告。

我告訴太太「今天會晚下班」。早上的大雨現在還在下，儘管撐著傘，腳邊還是淋得濕漉漉。

按下門鈴，門猛然一開，一身咖啡色西裝、瘦到過頭的男人探出頭來。他染成褐色的頭髮顯得很輕佻，但筆直的鼻梁和清澈雙眼又顯得聰明伶俐。一看到我，男人表情一亮。

「喔！內藤先生，我等你很久了！」

進了事務所，除了今天雨天的濕氣，還有一股悶臭撲鼻，大概是因為屋裡堆著大量成束文件和資料箱的關係。房間四面牆中有三面都堆滿了書。我從文件山中找到了沙發，坐下來靜靜等待偵探的報告。

「這一星期跟蹤調查後我充分掌握了尊夫人的行蹤。請您放心，我的跟蹤向來深獲好評，『行跡絕對不會敗露』。夫人一定沒有發現。」

真不知道這男人哪來的自信，我甚至覺得有點羨慕他。

「先講結論，她確實平日每天都開車去一樣的地方。」

「果然沒錯……」雖說已經有心理準備，但這打擊還是很大：「那她到底去了哪裡？」

「她把車停在U車站附近的立體停車場，從那裡徒步走到……T大學。」

「啊？」

這答案出乎我的意料。

「沒錯，是大學。不知道對你來說算不算好消息，她去的不是外遇對象的家。她走進大學校園，到校內的研究所前，不斷反覆一樣的行為。」

「……我不懂。」

「我想也是。」

偵探站起來，在桌上攤開一張大地圖。這是U車站和大學附近的空白地圖。地圖上有無數筆記，用幾種不同顏色畫出多條路線。

「這是？」

「每一條顏色代表夫人走過的路線。例如紅色是第一天、藍色是第二天。夫人大約八點多將車停在停車場，依照這些路線前往T大學……她不斷重複著這樣的行動。你看看這條紅色路線和藍色路線的差異。」

紅色跟藍色直到途中都一樣，但以某一個部分為界分成兩條，然後在大學前再次匯合。

「所以說，第一天跟第二天之間她稍微修正了路線？」

「一點也沒錯。第一天的路線剛好是小學的上下學路線。」

「……所以呢？」

「你這個人腦筋也真遲鈍！這就表示你太太在試著摸索人少的路線啊。第三天、第四天她也想過其他的路線，但這些都是大馬路。結果第五天她再次回到第二天的路線。她努力在找人少的路線。回頭想想你找上我們偵探事務所最初的理由，應該不難發現她嘗試這些路線的意圖。」

「啊！」聽他這麼一說我才終於想到：「你的意思是說，我太太想變透明？」

「沒錯。恢復透明狀態時，第一件要注意的就是不能被撞上。萬一被別人發現有『透明人』存在一定會被通報。所以才會盡量尋找人少的路線，先試圖避開行動無法預測的小學生會經過的路，或者人和自行車、汽車往來頻繁的大馬路吧。」

「但……她為什麼要這麼做？」

「如果從夫人每天都站在研究所前這個現象來推想，就不難想像。研究所出入口上了電子鎖，但如果是透明人，只要趁其他人進入時跟在身後一起進去就行了。」

「那她為什麼要入侵研究所？」

「她一直隱瞞自己恢復透明的事實，偷偷借用你的車，避人耳目摸索進研究室的路徑……從這些事實我可以提出兩種假設。第一，夫人可能是商業間諜，打算偷走川路教授的新藥數據。」

「商業間諜？我太太嗎？」

「很難想像嗎？但是歷史上透明人最早的用途就是人體實驗和間諜呢。」

「什麼『用途』……！透明人也是人啊！」

「喔，好像惹你生氣了。是我說錯話了，我道歉。」茶風滿不在乎地敷衍了一句：「但我必須說，這個可能性很低。假如真的是商業間諜，那麼在勘察的時候就應該會以透明的狀態出現。我這麼說可能有些冒犯，但夫人的行動實在是太輕率了。」

「也就是說，你真正的想法是另一個假設，對吧。另一個可能是什麼？」

「這個嘛……」

茶風把手放在額上，低著頭說：

「我認為夫人可能想要殺害川路教授。」

「但是我不清楚她的動機。」

隔天八月四日，我們一早就來到T大學附近。

從跟蹤的結果知道，之前跟蹤第二天和第五天的路線相同。也就是說，第五天可能是犯案的預演。第五天是八月二日，茶風說，我太太很可能在隔天就會動手。

但八月三日下了雨，所以她應該會中止計畫。茶風推論，真正犯案的日子是今天，八月四日。

我佯裝生病跟公司請了特休。在妻子面前穿好西裝，假裝跟平常一樣出門上班，在家附近坐上茶風的車。

幾分鐘後，我看到自己的車從大樓車庫開了出來。雖說早已掌握了證據，可是一旦親眼目睹，還是下意識地不想承認。

一路跟蹤著妻子的車，剛剛的疑問這才浮現在我腦中。

「我太太為什麼會想殺害川路教授？」

「這個嘛，會在這個時間點擬定殺人計畫，原因一定出在川路教授打算開發的新藥上吧。」

「新藥？怎麼可能！根治透明人病是所有透明人的夢想，對身為透明人丈夫的我來說當然也是──現在不也想了很多方法來跟透明帶來的種種不自由對抗嗎？」

「但也可以換一個角度想。其實不是他們透明，而是我們身上有太多顏色，對吧？」

「……我不懂你的意思。」

「比方說，尊夫人的臉其實很醜，可能不想被別人看到。」

「怎麼可能！」

「你就這麼肯定？」茶風單手離開方向盤，伸出食指指著我：「你也很清楚，政府規定了兩項義務來確認透明人的身分，一是自行提出的『透明人病罹病前照片』，一是以塗料或化妝重現的『大頭照』兩張。前者就不用說了，至於後者，假如是一流彩妝師拿出真本領，完全可以化出一張判若兩人的臉。」

「假如有化妝技術確實是這樣沒錯……但是我跟我太太在大學畢業後不久就結了婚，她從來沒接觸過彩妝這種職業。」

「……喔，真的嗎？」茶風的視線轉向我：「但你不覺得這個問題的答案還有待商榷嗎？長久以來生活在一個屋簷下的人，真是自己心中想像的那種人嗎……？」

聽到這句話的瞬間，比他說起美醜問題的時候，我更清楚感受到一股顫慄爬過背脊。

（也對……她原本是透明的存在……就算服了藥、化了妝、塗上塗料，也只是一時的……如果她的外表經過完美的偽裝，我真能發現嗎？）

彩子，妳到底是誰？

就在我感到全身起了一陣雞皮疙瘩時，茶風的車已經到達大學附近的投幣式停車場。

「我們從這裡走去T大學吧。無論如何，她的最終目的地是研究所，我們埋伏在那裡，親眼確認你太太的目的究竟是不是要殺人。」

我跟著茶風，坐在能看見研究室出入口的長凳上。這裡剛好有樹擋著，應該不容易被我太太發現。一個身穿咖啡色西裝、臉色很差的男人，跟我這個身穿夏用西裝、毫不起眼的上班族，的確是相當怪異的組合，不過或許因為大學本來就是種深具包容力的空間，警衛並沒有特別叫住我們。

埋伏時間一久也累了，喉嚨有點渴。今天天氣很熱。一個駝背男人手裡正拿著咖啡連鎖店的冰咖啡要走進研究所。雖然只是廉價冰咖啡，在這種環境下看了也叫人深深羨慕。

「茶風先生，我去買一下飲料——」

剛說完這句話，研究所前就傳來「哇！」地一聲。

一看之下，男人手裡的冰咖啡容器掉在地上，液體都灑了出來。令人驚訝的是，落在地面後飛濺起來的咖啡飛沫，竟然漂浮在半空中。

「笨蛋！很危險耶！」

站在男人身後離他有一點距離的女人生氣地大叫。

「茶風先生！」

「我看到了。咖啡飛沫漂浮在半空中對吧？你太太一定在那裡。我們得稍微保持距離才不會被發現。你的心情我懂，但現在先忍一忍。」

「為什麼？」

「這對她來說是個重大的失誤。假如是我，一定會毫不猶豫打退堂鼓。假如我們現在接近，逃跑的她很可能會發現我們在跟蹤。」

「可是——」

我們繼續監視研究所入口，剛剛因為咖啡發生爭執的男女進了建築物裡。我們一邊確認著周圍草地上有沒有透明人逃走的足跡，一邊走近建築物。

「你看。」

茶風引導我望向玄關，玻璃門裡的玄關地墊上可以看到咖啡痕跡。

「弄翻咖啡的男人身上看來幾乎沒有潑到咖啡，他身後的女人也一樣。但是玻璃門裡面卻出現了咖啡的污漬，這就表示……」

「……彩子進去了！」

「很遺憾，確實如此。看來夫人是認真的。」

剛剛的駝背男人出現在玻璃門對面。

「喔？是要去重買一杯冰咖啡嗎？」

「啊？」

駝背男人狐疑地打量著茶風，我連忙說明原委，這時男人才終於卸下心防：

「啊，你們剛剛都看到了？」

而茶風不顧對方的困惑，繼續丟出爆炸性發言。

「你好，我是茶風偵探事務所的茶風義輝，現在這間研究所內即將要發生命案，能不能用你的門卡讓我們進去？」

先是一番騷動。

對方差點要叫來警衛，在我出示身分證明後，混亂才漸漸平息。

駝背研究員跟他帶來的另一位壯碩研究員兩人在玄關接待我們。關於透明人的存在，因為剛剛咖啡的事，再加上我們幾番說明，他們也漸漸接受，但說到我們想入內調查，可就另當別論了。

「……假如真的有透明人入侵，那教授可能有生命危險。」駝背研究員有些神經質地說。

「雖然看來可疑……」體格壯碩的研究員慢慢搖著頭：「但也不知道為什麼，就是不像在說謊。」

「拜託你了，那透明人是我——」

我嚥下「妻子」兩個字。現在還只是我的猜測，總覺得說出這兩個字就等於背叛了她。

「——是我朋友。我得在他做出不可挽回的事之前阻止他才行！」

兩個研究員有點為難地面面相覷，又交頭接耳了好一會兒。

「……好吧，為求保險，就進去看看吧。」

「我們也一起去應該沒關係吧？」茶風厚著臉皮要求。

「嗯，既然是你們的朋友，可能有些細節只有你們才會注意到吧。不過……」

個子比較壯的那個伸出了緊握的拳頭。

「要是發現你們有什麼奇怪舉動，可別怪我不客氣。」

「這傢伙高中大學都是柔道社的。」

聽駝背這麼說，茶風小聲輕喃道：「是嗎？說不定派得上用場呢。」

駝背研究員自稱山田，體格較壯的叫伊藤。

我們用山田的門卡進了研究所。玄關地墊上滴落的咖啡一直延續到一樓女廁。

「可能是去廁所把咖啡漬洗乾淨了吧，現在應該又恢復透明狀態了。」

「之後的目的地……就是川路教授的研究室？」

我們走向地下層，站在通道盡頭川路教授研究室門前。我衝到研究室前敲了門。

「川路教授——川路教授您在嗎？您還好嗎？如果沒事請回我一聲。有透明人潛入了這棟建築物。」

「沒有用的，內藤先生。他一定已經被殺了。我不覺得透明人會一直悠悠哉哉待在房間裡。」

我正想反駁茶風，就在這個瞬間，室內傳來啪沙聲響。

「你聽，裡面是不是有聲音？」
「該不會真的是——」
「看來我們只好強行進入了——你快去拿這個房間的鑰匙來。」
「可惡！外人能進到這個區域已經是例外中的例外了……」伊藤搔著頭，他用力敲門，扯起嗓子喊：「川路教授，很抱歉！您沒有回應，為了確認您的安全，我們要開門了！」
說完，他衝上研究所的階梯。
「要找研究室的備用鑰匙得花一點時間，甚至可能得去辦公室一趟。」
「說得真是輕鬆。也罷。研究室除了這扇門，還有其他出入口嗎？」
「沒有，只有這扇門。」
「好，我知道了。內藤先生，我們盯著這扇門吧。假如門把有動靜，就馬上逮住人。」
等待鑰匙的這段時間漫長得好比永遠。伊藤拿著一大串鑰匙回來後，茶風立刻開了鎖，他握住門把，轉回頭說：
「聽好了，兇手很可能會在跟我們錯身的那一剎那逃走。我一開門，你們就緊跟在我身後進房，然後馬上把門關上。內藤先生，拜託你殿後。關上門的那個瞬間請你握緊門把守住出口。」

我連回答「知道了」的工夫都沒有，茶風就開了門。兩名研究員身體貼著身體將自己擠進房內，我也跟在他們身後。關上門，我依言握著門把。

「有任何東西接觸到身體的感覺嗎？」

「沒有。」伊藤指著駝背的山田：「我貼著這傢伙的身體進來的，應該沒有空隙能讓人錯身。」

「不愧是透明人研究家，反應真快。」

這時山田出了聲：「咦？」一臉狐疑地看著門附近的裝飾櫃。

「怎麼了嗎？」

「裝飾櫃上的盾牌不見了，奇怪，怎麼會——」

「喂！喂喂喂，不是說這個的時候了，你快看，那邊……」

伊藤指向房間後方。

「下手也太殘忍了……」

研究室裡充滿悶臭，原因來自躺在後方地板上川路教授的屍體。

屍體的樣子實在太詭異。

首先，他身上的衣服都被脫了下來，全裸仰躺著，連內衣都沒穿，呈現初生時的狀態。聽說川路教授很講究鍛鍊肉體，而他精心鍛鍊的肉體現在完全暴露在外，白袍等衣物雜亂堆在屍體旁。

其次，是他悽慘的死狀。川路教授的臉被割得支離破碎，令人難以卒睹。另外胸口也有一道刺傷和好幾處切割傷。最後是刺在心臟部位的一根單刃厚背尖頭菜刀。

現場的狀況實在太過悽慘……沒人敢接近屍體。川路教授很明顯已經死了。

而更可怕的是……

還有我們眼睛看不見的另一個人，正屏息躲在這個房間裡。

3

看到四個男人闖進來時，我差點想低啐一聲，但還是忍住了。畢竟現在連呼吸都得小心……

（假如只有一個人，或許還有機會攻其不備，但……）

人一多，狀況頓時嚴峻了起來。對一個人發動攻擊時可能會被其他人辨識出方位。這麼一來我所能做的就只有盡量不給對方多餘資訊，設法找機會脫身。

「看來透明人又再次恢復透明了，你們看看流理台。」

身穿咖啡色西裝、身材極瘦的男人打破沉默這麼說。

「流理台前的地墊上有水漬，毛巾架上的毛巾也沾滿血跡。透明人的血液是透明的，那些一定是川路教授的血跡。兇手用水洗去飛濺到自己身上的血、擦乾淨，然後再次變回透明狀態安靜屏息躲在這間密室裡。」

「喔，不愧是偵探呢～」

一個體格健壯的研究員不以為然地哼了一聲。其實我也很想這麼做。這個所謂偵探所說都嚇人地精準。

「山田，你先報警。」

「這裡沒有市內電話。教授是深受外界注目的透明人研究權威，不時會接到騷擾電話，所以沒裝電話。地下室手機也沒有訊號。」

「什麼？」

「那我去外面聯絡——」

「不、先不用。不能開門。」

偵探快速這麼說後，先吐了一口氣。

「好，首先，先把門縫貼死。」

「茶風先生……」我丈夫開口問：「這麼做是什麼意思？」

「來到這個地步，我們只有一個選擇，那就是逮捕現行犯。你想想，萬一透明人從這個房間或者這棟建築物逃走，之後我們該怎麼找回這個女人？」

我可以清楚感覺到丈夫倒吸了一口氣。

問題在這個被稱為「偵探」的男人，說出了「女人」這兩個字。這表示他們已經發現是我了。丈夫可能對我的行動起疑，去找了偵探諮商。

假如真是如此，就算能逃出這裡——不，現在絕望還太早。在事件發生之前掌握的證據，在法院上很難有佐證的效力。最糟糕的狀況是在這個房間裡被抓到。只要能避免這種情況，之後總能想出辦法解套。

「對，絕對不能讓她逃出這裡，所以需要貼死門縫。只要形成必須撕下膠帶或破壞掉門才能逃脫的狀態，那一定可以靠聲音來判斷企圖逃脫的她位在哪裡。」

大概是被偵探的道理說服了，研究生們從房間裡找出封箱膠帶，封住了門。

「茶風先生，接下來呢？」

「請給我一點時間。……啊，你們最好也緊貼著牆壁，保護好頭。」

「啊？」

茶風偵探站在牆壁附近，擺出拳擊姿勢，不斷拙劣地出拳。

「對方可是已經殺了一個人、還把人臉砍成那樣的兇惡犯耶？而且我們還看不見對方。說不定她現在就在我呼吸可及的地方，下個瞬間就算被揍也不奇怪。當然啦，我本人對格鬥術小有心得，還有你，身材這麼好應該練過柔道吧？」

兩個研究生和我丈夫視線在空中游移了一陣子，想必正在腦中描繪可能近在眼前的幽鬼樣貌吧。

看到茶風那個樣子，就知道他說會格鬥術只是在虛張聲勢。但如果不是呢？那男人眼神看起來很狡猾，萬一我小看了他、貿然發動攻擊，很可能會被反制。思考陷入了死胡同。

說不定這個選擇、這個地點根本是個錯誤。太天真了。我壓根兒沒想到第一發現者竟然會是個偵探。

（但是……只要最後不被發現就行了。）

我慢慢地、小心不發出聲音地，吐出一口氣。

4

「好，既然已經封住了退路，不然我們來聊聊天吧。」

茶風先生這句話實在出乎我意料。

「不不不，現在不是聊天的時候吧。」

「但大家就算不想看，剛剛也都看到了不想看的東西了吧……看到川路教授那悽慘的死狀，你們就沒有覺得好奇的地方嗎？」

我實在無法直視，只能用眼角偷瞥屍體。切得稀巴爛的臉部，刺著一把菜刀的全裸屍體。雖然不想深究，但確實有許多叫人好奇的地方。

「那把菜刀……」

「嗯，應該是從那裡拿的吧。」

茶風一派輕鬆地指向流理台。流理台下方的櫃門敞開，可以看到菜刀架上沒有插著任何刀具。從川路教授的屍體到流理台之間有兩道垂滴的血跡。應該如剛剛茶風所說，是兇手為了清洗濺到身上的血跡時留下的。

「請問一下。」茶風問兩位研究生：「流理台下的櫃子裡本來就放著菜刀嗎？」

「喔，是啊。」山田回答：「應該有兩把才對……」

「喔？研究室裡放菜刀？還挺特別的。而且還是這麼像樣的刀，這把單刃厚背尖頭菜刀長度有一尺左右吧。假如只是簡單烹調，應該用不上這麼好的刀……？」

「大概兩年前左右吧，某個研究生在研究透明人跟消化的問題。當時在這裡做了不少菜，收集消化過程跟透明化過程的相關數據。處理魚類時用這種尖頭刀方便很多，應該是當時留下來的，現在那個研究生偶爾也會露兩手廚藝，大概是迷上了做菜吧。」

消化問題。我之前也想過這個問題。

「原來是這樣啊。所以下廚的工具和調味料這麼齊全應該也是出於相同原因吧，這麼說來，能輕鬆找到菜刀對兇手來說真是非常幸運。」

他端詳著屍體，又補了一句：「真奇怪，刀明明有一尺長，卻只插進不到十公分？」

「找到菜刀……？」

我想了想，開口問道。

「那個……你不覺得這樣有點奇怪嗎？兇手是有計畫要殺害川路教授才侵入研究室的吧？照理來說應該會自己準備兇器才對啊……？」

「哎，看來你還是不懂什麼叫做『真正變成透明人』。」

茶風誇張地攤開雙手，臉上滿是嘲諷。

「就算準備了兇器，你說兇手要怎麼把兇器帶進來？不管任何東西都無法變得透明。難道要讓菜刀飄在半空中，一邊走一邊跟大家宣傳『嘿！透明人在這裡喲！』？」

「原來如此。」他講話雖然討人厭，但說得並沒有錯：「所以只能從現場找工具？」

「沒有錯。但是還有幾個讓我好奇的疑點。」

茶風走近屍體。

「啊，你這樣很危險！怎麼一點防備都沒有就靠過去！」

「假如對方攻擊我、讓我們知道她的位置那就太幸運了。對了，研究員先生，你剛剛說菜刀有兩把對嗎？兩把都是一樣的刀？」

「對，都是在同一間工坊買的。」

「所以說第二把應該會在這房裡某處。」

說著，茶風蹲在屍體旁，輕聲說著：「喔喔喔，原來是這樣啊。」

「也難怪我們一眼沒看出來。你們看，第二把在這裡。」

茶風用手帕包著、拿在手裡的正是第二把菜刀，正確來說，只有刀柄的部分。刀刃在一半的地方折斷了。

「看來應該叫做『斷刀』。我也看到折斷的刀刃了……就埋在右胸旁邊。」

「埋……？」

我跟兩個研究員之間瀰漫著一股觸電般的恐懼。

「說得更精確一點，應該是兇手將刺入右胸的菜刀從旁打斷，導致刀刃留在體內。刀子並沒有完全沒入體內，因為冒出一點刀刃剖面在外我才會發現。喔，各位請放心。我知道必須保全證據。我只是區區一個私家偵探，可沒碰到屍體喔。用來打斷刀柄的應該是這個吧。」

茶風撿起一把鐵鎚。屍體更後方的地板上，有一個敞開的工具箱。

「但為什麼要這麼做？」

偵探聳聳肩。

「誰知道呢——我好奇的問題算是解決了，接下來該做的有兩件事。」

茶風張開雙手。

「我們把房間分成四個區塊，每個人負責一個區塊。屍體附近由我來，其他你們自行決定吧。」

我們依照他說的分配好區域，靠在四方牆邊站著。

「第二件事是？」

「大家都穿了鞋吧？」

我們三個人互看了一眼後，對茶風點點頭。於是他穿戴上丟在桌上的實驗用護目鏡還有厚棉布手套，拿起鐵鎚。我正覺得奇怪，弄不清他打算做什麼，只見他從容不迫地開始敲碎文件櫃的玻璃門。

「咿！」

之後茶風依然持續他奇怪的舉動，打碎完文件櫃玻璃門後，他繼續打碎裝飾櫃的玻璃。房間裡散落著大量玻璃碎片，不僅如此，他還撿起大玻璃片，拿到玻璃碎片沒有散落的地方，在地上敲碎。

這行動只讓我覺得他是不是腦袋出問題了。

他一臉滿意地吐了口氣，拿下護目鏡放回桌上。

「唉！沒想到敲玻璃還挺累的。」

「茶、茶風先生，你這是——」

「透明人現在應該赤著腳。這麼一來對方就無法動彈了對吧？而且一踩上地板就會發出聲音。」

他這麼一說我就懂了，但頭也開始痛了起來。我甚至覺得，希望他好好說明一切的我是不是比他更奇怪。

「好，接下來換我們來撒網吧。」

說著，他從胸前口袋取出一根伸縮指示棒。

「我事先想像到可能會有這種狀況所以帶了過來，果真沒錯。從現在開始，我會把這根指示棒像這樣……」

茶風將指示棒拉到最長，指向眼前的空間。他橫向、直向、斜向，不規則地揮動指示棒，探索著眼前的空間。

「我會不規則地揮動，確認有沒有透明人。指示棒只有一根，但是這些玻璃碎片已經替我們確保透明人無法從一個區塊移動到另一個區塊。我想應該也不可能在桌子上走動。想要完全不碰觸桌上那些高高堆起的文件移動，我覺得是不可能的。」

他的行為乍看之下有些愚蠢，但是聽了說明之後邏輯其實挺合理的。

茶風結束他自己的負責區域後，依序把指示棒丟給其他人，在每個區塊重複著一樣的事。

可是——

「真奇怪，為什麼沒找到？」

「對方不太可能一直避得開我們胡亂揮動的指示棒啊……也沒聽到玻璃碎裂的聲音。」

「還有什麼地方沒找過嗎？」

「那個……」山田舉起手：「有沒有可能爬到文件櫃上？」

「確實有這個可能性。」茶風點點頭：「好，接下來我會跨出一步，找找文件櫃上方。也就是說現在開始聲音的來源是我，準備好了嗎——」

茶風跨出步伐，在腳完全放下之前他將手抵在桌上，停下了腳步。

一片寂靜。

「……看來沒有被這種程度的陷阱騙過啊。」

茶風放下腳，玻璃碎裂。茶風從他跨出步伐的位置伸出指示棒，仔細確認文件櫃上方。看來一無所獲。他一臉失望地將腳放回原來的位置。

到底藏在哪裡……。我思考著可能的方法，這時忽然有個想法掠過我腦中。

「為什麼兇手要讓屍體全裸呢？」

「對了，剛剛還沒有討論到這一點。」

「我想到一件事。透明人本來是全裸的對吧？也就是說……」

「兇手想要搶走被害人的衣服？有這個可能。但就算穿了衣服也不可能逃得走。剛剛這兩位研究員跟我們一直守在研究所入口，沒有脫身的機會啊。」

「我想的不太一樣。假如赤裸的透明人將自己身體塗成膚色……那不就可以變成我們眼前這個全裸的人了嗎？」

「什麼！」茶風瞪大了眼：「你是說這個屍體就是兇手！」

我本來還因為自己說了出乎他意料的答案覺得開心，但他馬上臉一沉。

「但這也不可能。當然啦，你的想法我可以理解。臉部的傷可能也是透過特殊化妝來表現。但是比起假扮成屍體，搶走被害人衣服穿上、只針對外露部分化妝絕對輕鬆多了。在有時間限制的狀況下，特地全身化妝並沒有意義。再說，你夫人——不、我是說你朋友的體型應該很嬌小吧？」

「這屍體的身材跟教授很一致。」伊藤不以為然地說道。

「可是內藤先生的著眼點很好。讓屍體全裸一定有其意義。但到底是什麼意義……？」

茶風低下頭，沉默了下來，他將手放在下巴，緊緊皺著眉。

他看了屍體一眼。那個瞬間，他睜大雙眼。

「啊……！」

茶風邁步奔跑。玻璃碎裂的聲音一次又一次，清晰地迴響在屋內。

「等、等一下！你要動的時候得先說啊，不然我們怎麼分得清楚！」

「我真是太笨了！只顧著尋找透明！卻忽略了眼睛看得見的東西！」

「茶風先生，你到底在說什麼？」

「你們看！這個被害人被殺了兩次！」

「兩次？何止兩次，他根本渾身都是亂刀啊——」

「我不是說這個。從這個角度就可以清楚看到，被害人的額頭破了。我們只注意到他身上無數的割痕和刺傷，但這一定是被鈍器毆打的痕跡。還有——」

茶風連珠炮似地說著，並撿起了一個金屬盾牌。盾牌角落沾著血。

「藏在書堆裡的這個盾牌，才是真正的兇器！兇手先打破他的額頭，然後拿菜刀刺向屍體，變成這副慘不忍睹的樣子。」

「等一等，額頭上的傷也可能是被菜刀刺殺倒下時撞到的吧？」

「這不可能，你站在透明人的立場想想看就知道了。兇手必須從這個房間裡找兇器。這一點我們剛剛討論過了。而找兇器時必須特別注意如何不引起對方的注意。比方說，文件櫃裡放著獎盃，形狀也很容易握持。而兇手沒有選擇獎盃卻決定用盾牌來下手。你知道這是為什麼嗎？」

「該不會是……因為兇手無法打開文件櫃？」

「沒有錯。在一個川路教授以為只有自己一個人的房間裡打開文件櫃，這一定會引起教授的警戒。要趁他不注意下手，就得先讓他放鬆警戒。更別說一個飄在半空中的獎盃了，萬一被發現可就不堪設想。所以兇手不得不使用放在裝飾櫃上的盾牌。」

「菜刀也是一樣的道理吧，因為收在櫥櫃裡？」

「你也漸漸進入狀況了嘛。還有工具箱也是，所以櫥櫃和工具箱都是在川路教授死後才打開的。因此可以推測，菜刀和鐵鎚是兇手在被害人死後出於某種意圖而使用。殺人時間跟使用菜刀偽裝的時間不一樣，這一點屍體到流理台之間留下的兩道血跡也可以佐證。兇手對屍體做了這些殘忍行為後，又恢復了透明。」

「你說使用菜刀跟鐵鎚是出於某種意圖，那是……？」

「我只能憑想像來推論兇手的計畫，她可能想奪走、或者消除川路教授關於新藥的數據。當我們在研究室外苦苦等待時，她還沒能逃走，這表示可能花了一點時間在處理數據。而在這段期間內情勢忽然生變。」

「她聽到我們要闖入？」

「沒錯。」茶風打了個響指：「兇手必須設法藏身。把這突來的變化跟菜刀還有鐵鎚連結在一起，確實很合理。」

「可是她為什麼需要菜刀跟鐵鎚？」

「在這裡要特別注意的是鐵鎚。鐵鎚並不是兇器，只是用來從旁敲斷刺入胸口的菜刀刀柄。換句話說，我們可以推測兇手為了在胸口製造創傷先刺入菜刀，但之後拔不出來，只得打斷。但為什麼必須打斷呢？

最簡單的答案，就是菜刀刺在胸口對兇手不利。」

「啊？」

這個答案或許簡單，但我的腦袋卻愈聽愈糊塗。

「這可能有性騷擾之嫌，但我會盡量避開不該碰的地方，應該沒關係吧——」

茶風蹲在屍體旁，從屍體的手附近開始摸索。接著他放心地吐出一口氣，把自己的手慢慢抬向空中。那姿勢就好比將公主殿下的手放在自己手上一樣。接著他又緩緩把自己另一隻手也放了上去。

兩手之間，剛好空出一隻手的空間。

「終於找到您了，夫人。」

5

我深信自己思考的方向並沒有錯。

當對方闖進研究室——當然，這也要看他們腦筋動得快不快——一定會企圖封鎖出口。在這種狀態下我無法直接走出這道門。房間裡雖然散落著一大堆紙張，但能藏身的地方卻意外地少。唯一可能的就是文件櫃上方的空間，可是逃走時也不可能不發出半點聲音爬下來。

這時，我想到了一個可以騙過他們耳目的方法，那就是藏身在他們絕對不會查的空間——也就是他們眼中的盲點。

躲在屍體上。

可是我不能站、或坐在屍體上。因為站或坐的地方會單點承重，屍體一定會出現明顯凹陷，這麼一來就會暴露我的所在。所以只能採用能分散體重的方式躲在屍體上，那就是躺在仰面向上的屍體上。川路教授是個身高將近兩公尺的大漢，而我只是個身高一百四十多公分的嬌小女人。川路教授的身體長度對我來說綽綽有餘。

如果將頭放在屍體臉上，他的嘴巴和鼻子會被壓扁，但是將我的頭抵在他的下巴下方就可以穩定安放。另外，如果在他穿著衣服的狀態下躺上去，一定會出現不自然的皺褶。我脫下他的衣服，直接躺在肌膚上，這麼一來可以將身體的凹陷等不自然現象抑制到最小限度。如果屍體贅肉多，還可能容易變形，無法採取這種方法，幸好以一個學者來說，川路教授的身體肌肉很結實。

假如對方檢查屍體，行跡就會馬上敗露，所以還得想個阻止他們接近屍體的方法。這事不難，只要讓他們明顯看出人確實死了就可以。我在櫃門裡發現了菜刀，於是用這把菜刀將臉亂割一陣，也在胸口留下幾處切割傷和穿刺傷。最後刺入右胸時大概刺得太深，刀子緊緊卡在肌肉裡怎麼也抽不出來，我急忙找出鐵鎚打斷刀柄。要是菜刀的刀柄突出，之後我就躺不上去了。

接著我躺上屍體，完成最後一道手續。我用菜刀刺穿自己的身體，一直刺到川路教授的屍體上。即使刺穿透透明人的身體，異質的東西也不會因此變得透明。看到一個心臟被刺穿的人，相信沒有人會覺得他還活著，而他們應該也想像不到我會刺穿自己身體。

我的身體比川路教授小了一大圈。川路教授心臟的位置差不多在我的肩頭。雖然劇痛無比，但我不能發出一點聲音。一定得逃離這間密室才行。

把川路教授的臉割花、在胸口製造一堆傷痕其實還有另一個原因。那就是掩飾我刺穿自己身體時流的血。當然，透明人各種老廢物質都是透明的，我的血液也一樣是透明的，不過萬一靠近屍體的人發現明明沒有東西的地板上卻有血液的觸感……那等於在暗示對方，一個流著血的透明人就在附近。要掩飾透明血液，最有效的方法就是灑下大量紅色人血。

（那個男人……叫茶風的那個人，沒想到腦子這麼靈活。）

這是假設第一發現者是一般人的前提下，才能運用的方法。我推測當第一發現者仔細找過室內，推論透明人不在，應該會暫時離開這個房間去報警。因為室內沒有市內電話，手機好像也訊號不太好，我打算在這時候趁隙逃走。

沒想到這個叫茶風的，打亂了我所有計畫，我壓根沒料到會出現偵探這種人。他毫不畏懼地走近屍體，還貼死門縫、運用玻璃碎片等方法，無情地封堵了我所有能藏身的地方……

回頭想想，自從在停車場看到那個嬰兒，一切就開始不順了……

盯著留置室的單人房牆壁，忽然有人叫我，說是有面會。本來以為大概是律師，但是站在壓克力板對面的，卻是那個身穿咖啡色西裝、瘦過了頭的偵探。

「妳好，今天想來找妳閒聊兩句。」

「……是嗎。」

我們隔著壓克力板對坐。偵探的表情顯得很從容，為了不被他牽著鼻子走，我交叉雙腿也交抱著雙臂，往後靠在椅背上。我身邊還有一名警官陪同，負責記錄存證。

「——所以你想聊什麼？」

「妳先生來面會了嗎？」

「當然，他是第一個來的。他很擔心地問我有沒有需要什麼東西，全都準備妥當。他還去查了透明人被逮捕的案例，連特殊的東西都張羅好了。」

「原來如此，果然是很能理解透明人處境的丈夫。」

茶風說得沒錯。這個偵探在案發現場的口吻彷彿他很了解透明人，而能像那樣模擬「真正變透明的人」會如何思考，這個人確實不尋常。

「對了，有件事我一直想不通。」

「喔？看來閒聊結束，要進入正題了？」

「妳的動機。」茶風沒理會我，逕自往下說：「妳為什麼要殺害川路教授？」

「我已經都回答警方了。」

「聽說妳解釋為激進派的行動是吧？就是那個找回透明人權利的革命派組織，主張透明人本應能維持透明，國家卻企圖阻止。警方也已經找到妳參加過聚會的證詞……組織裡分成支持跟反對妳的兩派，現在還掀起一番激烈論戰。」

「是啊，因為川路教授想讓我們完全變得非透明，所以我殺了他。」

「很可惜，出於激進派思想犯案只是個謊言。這很明顯。假如妳的目的是殺害川路教授、毀掉新藥數據，那麼當場被逮捕也無所謂，甚至還可以趁機對外做出犯案聲明，可以說是一石二鳥。

但是出於某個理由，妳無論如何都得逃離那個房間。妳的膽識實在讓我佩服，假如沒有想堅定守護的東西，是不可能那樣傷害自己身體的。」

繃帶下的傷口還在痛。

「喔，那你說，我想守護的東西是什麼呢？」

「妳跟妳先生的生活。畢竟這是妳費盡苦心才到手的生活……對吧？」

我輕輕調整自己的呼吸。

不可能被發現。我已經請先生把化妝道具都帶來。我說這對透明人來說是絕對必要的東西，獄方也特別允許我帶進來。不可能被發現。

「內藤先生……他來面會過幾次對吧？他真的很不容易呢，最近沒去上班，全心都在煩惱妳的事，只有外出來留置室時，才能仔細調查家裡——還有附近的狀況。」

「別唬我了。」

「沒錯，我也請他調查了你們大樓的另一間房間。」

我忍不住站起來。一陣暈眩，眼前天旋地轉。

「夠了！求求你，我不想再聽下去了。」

「內藤謙介跟妳住在901號室，對面是902號室。」

「我不想聽……！」

我摀著耳朵蹲下來。

茶風無情的聲音冷酷地說出事實。

「902號室裡發現了兩具屍體，放在棉被壓縮袋裡，一具是非透明的男人、一具是透明的女人，男人的DNA跟902號房的屋主渡部次郎一致，而女人——」

茶風說到這裡停了下來，短促地嘆了口氣。

「是住在901號房的內藤彩子。」

「從妳先生的話和妳應訊的供詞裡，我發現了幾個疑點。」

警方按住失控的我，就在我漸漸平靜下來時，茶風若無其事開始解說。

「第一是提到妳弄碎藥物要丟棄時，右手空揮了一下那個部分。901號房的廁所在走廊左邊，但妳卻打算用緊握著藥的那隻手去開門，這件事相當耐人尋味。那間大樓對向兩邊的房間格局剛好對稱，所以902號房的廁所會在右手邊。可能是在緊張狀態下，妳以前的習慣不自覺地跑出來了吧。」

「你怎麼能就這樣……」

「不只這樣，還有一件更小的事。妳在供詞中不經意提到一段小插曲，說變透明時喜歡隔著手指，看著滿月鑲嵌在手指中，當妳描述這個畫面時，說到是站在大樓陽台，在『零點時』這麼玩。也就是說，滿月會位在天空中央偏西的位置。可是901號房是東向的房間，向來以會有『清爽朝陽』灑入作為賣點，結論跟剛剛廁所的問題一樣。妳以前曾經住過大樓對面的房間……是吧？」

聽起來確實很有道理，但沒想到他竟然會注意到這麼小的細節。

「當我看到廁所那段描述時，心裡這個想像開始漸漸膨脹。雖然那個時候還沒有任何根據，但我猜想，『如果兇手是彩妝師，要打造出另一張臉應該並不困難吧』，於是我問了妳先生。」

「他應該回答你，我沒當過彩妝師吧。」

「沒錯，他說你們畢業後就馬上結婚了。」

「你說得沒錯，我——渡部佳子，確實是彩妝師。」

「是啊。發生密室事件後我徹底調查了一番。……所以，我終於知道妳為什麼必須殺害川路教授、毀掉新藥……」

絕對得隱瞞到底。我跟內藤彩子對調這個事實，還有我奪走內藤彩子的幸福這個事實。無論如何，都不能讓我「丈夫」內藤謙介知道這些。

「仔細想想，我先生——我是說內藤先生，可能會覺得很不舒服吧。一起生活的女人不知不覺中變成了另一個人，還是個素昧平生的鄰居……」

「是啊，聽起來確實很驚悚。」

「我很羨慕內藤彩子。」

一回神，我已經開始說起原本並不打算坦白的故事。

「我們住在同一棟大樓，收入也差不多，但是從婚姻生活中獲得的幸福卻大不相同……你剛剛也說過，內藤先生真的很能體諒透明人的處境。他為人溫柔體貼……雖然有點優柔寡斷，但是身為透明人的丈夫，他真的很可靠。而我真正的丈夫……卻反過來利用我是透明人這件事。」

茶風鼓勵我往下說，視線裡卻透露出幾分擔憂。

「……渡部次郎對我動粗。」

「……前幾天報上也報導過。最近增加了許多透明人受害的家暴案……」

「我也是其中之一。現在的藥物只能重現出特定膚色，但是服用川路教授開發的藥後，身體就會完全恢復成原有的顏色跟形狀，聽了之後我整個人坐立難安……當然，我最怕別人從長相發現我的真實身分。可是我聽說將來可能會推出局部重現手部或者腳部的試用版對吧？連這種試用版都萬萬不能出現……要不然，留在我手臂上那大量的……證據，一定會被內藤先生發現的。」

我只說得出「證據」這兩個字。假如再多說些什麼，就會想起丈夫留在我臉上那一道道暴力的痕跡。一旦恢復原本的臉，從那些痕跡就能一目瞭然看出我不是內藤彩子。

「家暴確實可能是動機。但如果施暴的人是內藤先生，那麼想要奪走藥物、隱瞞事實的應該是內藤先生。但事實並非如此。正因為內藤先生跟妳之間並沒有家暴的事實，妳才必須隱藏家暴的痕跡。」

「這說法聽起來很繞口，但確實是這樣沒錯。」

經茶風這麼一番梳理，我一方面對他毫不客氣的態度感到訝異，同時也莫名覺得安心。

「……我很羨慕內藤彩子，很想擁有那種生活，想要把那個人、把內藤先生佔為己有。這個念頭出現在腦中時，我突然發現，既然是透明人，這其實不無可能……我們兩人聲音很像，身高跟體型也相去不遠，唯一不像的只有長相。但我是透明的，可以塗上任何顏色……」

——我當過彩妝師。

——彩子小姐長得真漂亮，能不能讓我化妝？就當作讓我練習……

我這麼對她說，彩子也不置可否地讓我進了屋。當時我便牢牢記住了屋裡的格局陳設，知道什麼東西在什麼位置。

但比起這個，更重要的是能接觸到彩子的臉。

——這樣真的好嗎？讓專業彩妝師免費幫我化妝，真的賺到了呢。

變得透明之後，手指的感覺也格外敏銳。這也是當然。就連剪指甲時我也不需要倚賴眼睛看。我把所有神經都集中在這種敏銳的感覺上，記住了彩子的臉，嘴唇的形狀、鼻子的形狀、睫毛的長度、眼睛的大小、單眼皮還是雙眼皮，畢竟是我投身十多年的職業。幫彩子化了幾次妝後，我已經能夠在自己房間鏡前完美重現出彩子的臉。

於是，我殺了彩子和我丈夫，然後繼續租下902號房，偶爾還要展示出渡部夫婦還活著的形跡，就這樣過著一陣子奇妙的雙重生活。那房間裡的屍體千萬不能被發現，那是我不能讓任何人知道的秘密，所以也很難將屍體帶到其他地方丟棄。

「因為透明，所以可以成為任何顏色……是嗎？」

「沒錯，但我不知道這樣算不算幸福。」我無法繼續看著茶風的臉，俯首看著自己交握的雙手：「假如我是非透明人，一定不可能冒出這種可怕的念頭。不管隔壁人家的草地再怎麼綠，畢竟是別人家……我不會想佔為己有。可是誰叫我偏偏擁有奪走別人生活的方法，所以——」

「妳是想說，因為自己是透明人，所以才會殺人？」

我下意識地抬起頭，茶風臉上出現前所未有的嚴肅表情，凝視著我。

「這些話我本來不想說的，但是聽了妳剛剛那些話，我不得不說。」

「啊？」茶風整個人散發出平靜的怒氣，有些可怕。我可以感覺到自己的聲音嘶啞：「我、我已經沒有隱瞞任何事了。」

「對，妳應該沒有了吧。」

「……什麼意思？」

「對了，妳知道那天我們為什麼能找到研究所嗎？妳先生……不對，他並不是妳先生……內藤先生告訴過妳嗎？」

看我不說話，茶風探出身子繼續說。

「內藤先生因為食物的關係開始起疑，於是委託我跟蹤妳。起初他懷疑妳有外遇，萬萬沒想到妳要殺人。接下來才是重要的地方。聽好了——在案發前一個星期，我一直在跟蹤妳。跟蹤不斷在探索前往大學路線的妳。」

「怎麼可能！」

我搖搖頭，拚命想找回記憶。

「當時我一直在注意旁邊的行人，你的長相我一點印象都沒有。」

「身為彩妝師，妳對人臉想必比一般人更加敏感吧？可是妳卻完全沒發現我的存在，讓我得以跟蹤妳整整一星期。妳知道是為什麼嗎？」

茶風開始拆開左手戴的手錶扣具，拿下手錶。

我不禁懷疑起自己的眼睛。

手錶下的左手手腕完全透明。

「這就是為什麼我敢號稱自己是跟蹤絕不會被發現的私人偵探，背後的秘密就在於此。……這件事警方也知道，因為偶爾我也會協助辦案，因此取得了不需要服用抑制藥的透明人特別許可。假如有必要，我也打算坦白事實，所以會事先卸掉部分粉底。能夠偷偷讓別人看到的地方大概也只有這裡了。」

「沒想到你也是透明人……」

但想想也不無道理。能夠如此完美模擬透明人思考模式的，也只有透明人了。

「妳也很清楚，現在透明人在這個國家、甚至是這個世界裡，終於能夠享有平靜的生活。接受透明的事實，克服這種疾病，我們終於走到了這一步，對吧？我當然很同情妳的境遇。妳真正丈夫的所作所為完全不能原諒。但是因為是透明人所以殺人？這說法我可不能接受。」

他在我面前舉起透明的左手腕。

「我的人生或許不堪，但也有這種活法。……有一種人會一直把自己所處的狀況當作『理由』，然後把所有責任都推給這種狀況，對這種人來說，這可以說是一種幸福。」

我深深躺進椅子裡，身體一點力氣都沒有。

「妳因為私慾奪走了三條人命，甚至阻止了科學發展的腳步，跟所有透明人為敵。並不是因為妳是透明人，這只是『妳』的選擇罷了。」

面會時間結束，透明人偵探靜靜離去。

我奪走三條人命，現在秘密也被揭穿了。聽了我的秘密，內藤謙介應該也會離我而去吧。我將成為孤身一人。真想再次變透明，從這裡消失，在一個沒有人知道的地方死去。

但塗滿我身上的顏色卻不允許。化妝、藥物、偵探的告發，都逼我找回了顏色跟名字。而這些顏色跟名字，就是我的罪。

忘記是什麼時候了，我曾經從留置室的窗戶發現一輪滿月。

我舉起了食指。而月光被手指遮住，再也不讓我繼續作夢。

【參考文獻】

赫伯特・喬治・威爾斯（Herbert George Wells）《隱形人》（*The Invisible Man*）

哈利・桑特（Harry F. Saint）《穿牆隱形人》（*Memoirs of an Invisible Man*）

G・K・切斯特頓（Gilbert Keith Chesterton）〈看不見的人〉（*The Invisible Man*）（收錄於《布朗神父的天真》（*The Innocence of Father Brown*）

荒木飛昌彥〈撿到不妙的東西！〉《JOJO的奇妙冒險 Part4不碎鑽石》集英社

六個狂熱的日本人

在這場公判中，我發現在陪審室裡發生的一切，只有陪審員才知道。

瑞吉諾・羅斯（Reginald Rose）

《十二怒漢》（*12 Angry Men*）、〈作者的話〉

審判長大聲闔上筆記本，輕聲說道：「這案子很簡單嘛。」

我這個擔任右陪席的法官點點頭。

「兇手都已經自白了，證據也很齊全。」

審判長撫著嘴上的鬍鬚緩緩點了頭。

另一位法官，擔任左陪席的年輕候補法官說道：「這次的裁判員❶看起來人都不錯，真是太好了。大家都很仔細在聆聽證詞、整理得條理分明，聊得又融洽。」

「是啊。可能因為導入裁判員制度已經九年，我們漸漸習慣怎麼跟市民相處了吧，我想這次的六位應該可以進行很充實的審議。」

「是啊。」我也很認同。

「對了，你手上提的那個盒子是什麼？」

審判長問左陪席。

「喔，是我太太烤的蛋糕，說是要給大家在評議時吃，叫我帶來的。」

「真是娶了位賢內助啊。」

審判長略帶寂然地瞇起眼。

我想起審判長的太太幾年前過世了。他們夫妻之間沒有孩子，單身之後他有些工作狂的傾向。

「但是拿蛋糕出來會不會有問題啊？」

「我太太自己做的東西又沒有經濟價值。假如是店裡買來的那就成了賄賂。」

「原來如此。我想你也不可能做出觸犯法律的事。」我苦笑著說：「但你這麼說對你太太可不太禮貌啊。」

「啊！糟了，請千萬別讓她知道。」

我和審判長看到尷尬的左陪席不禁相視一笑。左陪席個性開朗，總是能帶動氣氛，正義感比人強這一點，特別受我們這些上了年紀的法官欣賞。

❶ 美國的「陪審團」制度與日本「裁判員」制度在適用案件、權限等方面多所不同，例如「陪審團」可判斷事實是否該當於法律要件，法官負責指揮程序進行及最後量刑，而日本的「裁判員」則可參與事實認定、適用法律甚至量刑等。故以下沿用日本固有名稱，以「裁判員」稱之。

走進評議室，中央有張圓桌。已經有五個人入座。

「啊，審判長。」

一號裁判員，膚色有點深、體態優雅的男人站了起來。他自己開一間老咖啡館，由身段柔軟的他所打理的店，我猜店裡氣氛一定很宜人。

「剛剛六號去洗手間了，請稍等一下。」

審判長點點頭。

我們用編號來稱呼裁判員，當然，如果他們提出要求，也可以用名字互稱，但任職於銀行的六號提出建議：「用編號來互相稱呼似乎比較容易說出客觀的意見？」大家也都同意。

「這個請大家嚐嚐，是我太太做的蛋糕。」

「喔，蛋糕耶，真不錯。」

二號開心地說。這個小個子男人是國中老師，他臉部輪廓犀利，體格也很精實。聽說教的是數學，但同時也是排球隊的指導老師，自然而然練就了結實的身體。大概因為職業的關係，他說起話來聲音清亮，語氣也很明快。

「我最愛吃甜食了。」

「我記得茶水間好像有紅茶？」

審判長說。

「哎呀哎呀，這真是……夫人費心了。那我來幫大家泡紅茶吧。」

三號急著起身。她是一位肉體跟精神都相當豐滿圓潤的女性，總是能舒緩評議的氣氛。身為家庭主婦，遇到這種場面大概會忍不住想動手。

「我也來幫忙。」說著，一號也起身離席。

「喔？蛋糕啊。」

四號偏著頭。她眼角有點往上吊，妝容有點濃，目前是飛特族。裁判員是以公平方式抽籤選出，被選中的人會收到「傳票」。很多人看到「傳票」這兩個字會覺得是種義務，實際上假如沒有正當理由拒絕出席也有相應的罰則，所以連這種年輕人也會老老實實前來。

「我在減肥耶，還是算了吧……這是什麼蛋糕啊？」

「磅蛋糕，我太太最擅長烤這種蛋糕了。」

「但是四號小姐。」五號開了口：「當裁判員還能吃蛋糕，這種機會可不是天天有呢，不如嚐一點吧。」

「你說得也有道理，那我吃一點好了。」

「嘿嘿，對啦，吃一下啦。」

五號親切地回應。他眼角下垂、長相溫柔，看起來很親切。他現在還是大學生，研究課的教授答應他來參加這次審判。他上的法學研究課教授希望他透過這次機會獲得有意義的體驗，所以參加時間也視為出席研究課。他跟四號年齡相仿，除了評議之外，兩人也經常像朋友一樣熟稔地閒聊。

一號和三號依照人數泡好了紅茶，把蛋糕分裝到紙盤裡後，每個人這才踏實入座。除了還在洗手間的六號以外。

長達四天的公判期間中，我們已經安排了好幾次機會，讓大家整理當天聽到的證詞或資訊，梳理論點、互相討論。今日的評議終於要進入判定有罪或無罪的最後階段。

「不好意思，我來晚了。」

「啊，六號先生來了。那——」

審判長頓時語塞，我想在場所有人的心情也都跟他一樣。

戴著四角方框眼鏡、身形瘦小的六號，擔任銀行行員的他腦筋靈活，對於我們提出的議題都能快速跟上，向來扮演主導眾人對話的角色。當然也是我們三個職業法官最信賴的裁判員。

而這樣的六號，現在竟換上顏色濃烈的粉紅色T恤。T恤胸前印著偶像團體「Cutie Girls」的商標。

「呃……」審判長難掩困惑，但還是莊嚴地開始陳述：「那麼，我們現在即將進入評議程序。請各位針對被告人有罪或無罪進行討論，假如認為有罪，則會進一步進入量刑階段。

結論採多數決。但即使是多數派，只要其中沒有包含至少一名職業法官，就視為無效。舉個例子，假如六位裁判員一致認為有罪，但三位法官都認為無罪，那也無法判定為有罪。無法判定為有罪的多數決就等於無罪。這一點還請各位留意。」

審判長板著臉說明，視線卻不時瞥向六號。

「另外，在這裡進行的討論內容皆不得公開。能對外公布的只有有罪、無罪，以及量刑，也就是最後的結論。誰投了有罪、誰投了無罪，雙方票數比例如何等等，這些討論過程一概不得外洩，希望各位能注意到這一點，安心進行討論。」

審判長使了個眼色，左陪席遂走到白板旁擔任書記。

我等他就定位後開口主持。

「好的，那麼我們先一一聽過每個人的意見吧。」

之所以這麼說，是因為暫時不想面對六號這個明顯棘手的問題。再說，看來也沒人有能力指教六號的服裝。

「好啊。」一號大動作點點頭，站起來說：「那我就不客氣了，由我一號先開始可以嗎？我對審判不是很懂，但應該沒有比這更明確的案件了。被告跟被害人都為了看偶像團體『Cutie Girls』的現場演唱會從山梨來到東京。我記得應該是春天舉辦的那場『Spring Festival』現場演唱會吧？畢竟是現在當紅的大型偶像團體，現場演唱會分成兩天舉行。第一天演唱會結束後，兩人在住宿飯店房間內起了爭執，被告一怒之下砸了被害人的頭。

他的自白很清楚，被告似乎也沒有要爭辯自己殺人的事實。我看應該有罪吧。我特別注意到他是一怒之下動手，犯行也沒有計畫性，我想應該可以稍微輕判一些。」

「不，我不這麼覺得。」

聽完一號的主張後，國中老師二號也開了口。一號將說話的順序移交給他：「那就請二號先生繼續吧。」

「謝謝您。一號先生說得沒錯，我也認為沒有計畫性。兇器是飯店的備品電熱水壺，上面留有清楚的指紋，一點都感覺不到想隱瞞罪行的意圖。

但是被告打了被害人的頭兩次。假如只有一次或許可以解釋為衝動，但兩次就不能這麼說了。

再加上被告打了被害人之後，完全沒有表現出想救助的意思，假如是一怒之下動手，之後神智清醒了應該會設法救命。可是根據被告的供述，他動手之後呆了一陣子，犯案後過了一小時才報案。

不只這樣。被告表示，他是在跟被害人一起看偶像現場演唱會DVD時發生爭執而動手，但是動手之後，他沒有先報警而是先停下正在播放的DVD，這未免太過冷靜了吧？這些狀況都可以證明被告殘忍的一面。」

一陣滔滔不絕後，二號又補上一句：「別看我這個樣子，我從大學時就對法學略有涉獵。」

「等一下等一下，你這樣說也太有心機了。」四號噘起嘴：「裁判員應該都是立場對等的外行人吧。」

「就是啊。」五號也表示附和：「真要這麼說，其實我也是法學系的啊。」

「喔，那真是失敬失敬。」

四號的說法雖然有點冒犯人，但二號還是寬容地接受了。可能當國中老師的人早已習慣聽比自己年輕的人自以為是的發言了吧。

「哎呀哎呀，這真是……接下來輪到我了是嗎？蛋糕真好吃，還請代我們謝謝你太太喔。」

「好的。」左陪席露出笑臉這麼說：「那麼三號小姐，請說說您的意見吧。」

「這個嘛，我覺得這真是很可怕的案子，從來沒想像過審判中會看到這麼多證據，除了兇器電熱水壺之外，還有偶像的粉絲看演唱會時用的手燈是嗎？竟然連裝手燈的東西都沾滿了血，我簡直要嚇暈了。」

「三號小姐、三號小姐，請別顧著說感想，我們想聽聽您的意見。」

「哎呀，我又離題了。我也覺得有罪。量刑應該可以稍微輕一點吧。第二天來的那位說明情狀的證人，就是被告的朋友，從對方的證詞可以知道這個人平常為人親切。而且看他那麼害怕的樣子感覺跟我兒子很像……我兒子偶爾也會氣到失控。剛好在案發同一天——應該是今年四月吧？我在秋葉原看見我兒子。回家後我問他在外面幹什麼，他就生氣了，但這孩子平時很溫和的。我想被告應該也是一樣，只是一時失控吧。」

「原來如此，好的，我知道了。」我想她再說下去應該會沒完沒了，就找了個段落打斷：「那四號小姐，麻煩您。」

「因為偶像吵架殺人？真不敢相信。那個偶像的歌我也很喜歡，可是以後每次聽到可能都會想起這個案件，我想偶像應該也不喜歡這樣吧。我覺得有罪。」

四號只說了這些，就沉默著別過臉去，我也有點不知所措。

「好……那、那接下來請五號先生。」

「啊、我嗎？嗯……有件事我一直很好奇。刑警說過，偶像團體的DVD塑膠外包裝丟在現場的垃圾筒裡。在供述中，被告的自白也提到他們看著剛上市的DVD發生了爭執，這算是足以佐證的證據。那個叫現場勘驗報告是吧？裡面詳細寫了很多在現場看到的大小細節，根據這份資料，垃圾筒裡除了塑膠袋還丟了痠痛貼布。可是被害人和被告身上都沒有貼布。那為什麼垃圾筒裡會有這個呢……？」

我想起五號也曾經對審判長提起，在進行證人訊問時問過這個問題。

「我說五號小弟啊，其實也不用執著這些小細節吧……」二號一臉不悅地說。

「可是我暑假時在那間飯店打工過，那間飯店的打掃超嚴格的。刑警不是也跟飯店員工確認過嗎？前一天確實打掃乾淨了。

還有，菸灰缸裡也有垃圾吧？好像是燒過紙類的灰燼，雖然沒能成功復原，但打掃的時候房務人員絕對會注意到這些地方，這一定都是事件當天留下來的垃圾。可是被告卻說明：『只是想用用看飯店的火柴』，我總覺得不太合理。」

「那你覺得應該是怎麼樣呢？」

二號的口氣就像在訓誡不懂事的學生一樣，顯得有些不耐煩。

五號小聲地繼續說：

「其實光是垃圾筒裡的痠痛貼布跟燃燒的灰燼，也不會改變被告的不利處境啦。我覺得他有罪。至於量刑，一方面是臨時起意、一方面他動了兩次手，有加重的理由也有減輕的理由，那不如就取個中間吧。」

「好，那就……」

實在很不想進入到下一位。

六號閉上方框眼鏡後的眼睛，交抱著他很有分量的手臂，顯得泰然自若，可是看來依然一點威嚴都沒有。大概是因為身上那件粉紅色宅T吧。

「死刑。」

「啊？」

六號冷不防這麼說，讓我相當震驚。他說什麼？

「那男人應該判死刑。」

左陪席傻傻張著嘴，下巴都快掉下來，連審判長也失了冷靜。

「六號先生，我想您應該看過量刑資料了，這是一樁沒有計畫性的殺人，被害人也只有一個，貿然判處死刑是不是太過頭了？」

「是的，我當然仔細讀過了量刑資料，但這是一樁史無前例的案件，面對史無前例的狀況，不也需要果斷的判決嗎？審判長。」

「喔？您說史無前例？」一號插了嘴：「不至於吧。爭執之後攻擊對方，這是很常見的事件啊？」

「但是因為這個男人引發的事件，對『Cutie Girls』，甚至對隊長御子柴早紀都帶來了不良影響！」六號緊握的拳不住顫抖：「因為發生這種事件，又讓外界抓到機會批評『這些宅宅就是這樣』。這件事話題延燒之後，當然會對團體成員帶來精神上還有其他方面的不良影響。偶像宅為了自己信奉的內容，更應該要維持清廉、潔白。

但是！在我今天聽到被告最終陳述之前，一直企圖做出公正的判斷！可是我現在清楚地確信！那傢伙直到最後一刻，都沒有對『Cutie Girls』道歉！那傢伙拿什麼臉面對其他偶像宅！應該判他死刑！」

我不禁茫然。

也就是說，六號在這安分老實的銀行員服裝下，一直穿著那件粉紅色宅T，靜心等待原諒被告的瞬間，可能每天都是如此……而今天，他終於忍無可忍。原來我們三名法官一直深深信賴的六號，只是個幻影啊……

左陪席的筆還停在白板上，就這樣凍結無法動彈，審判長也瞪大了眼睛，似乎還無法開口說話。

總之，現在的情況看來不太妙。我正準備開口時，二號大叫。

「那你自己呢！」

我望向二號的臉。他的表情像是再也聽不下去，忍了許久終於要說出口。

「我看你從演唱會會場回家這段路上，應該都穿著演唱會T恤吧？」

「那當然。」六號皺起眉：「不行嗎？」

「我會在現場演唱會會場換上新T恤，把流過汗濕掉的演唱會T恤直接裝進塑膠袋帶回家。因為我還知道羞恥。再說了，穿著汗濕的T恤搭電車，會給周圍的人不好的印象，大家可能會覺得『原來這種人喜歡○○那個團啊。所以○○宅都這樣』，什麼清廉潔白，我看真正沒做到的是你吧？」

六號生氣地反駁：「什麼知道羞恥，你只是因為老師的身分，顧忌外人的眼光而已吧？」

二號狠狠瞪著六號，從胸前口袋掏出智慧型手機。

「看！我的手機殼是『Cutie Girls』設計的……而且還是御子柴早紀——小早親手畫的設計圖，這是三年前限量生產的款式，羨慕吧！」

眼看六號的反應平平，二號整張臉都漲紅了。

「姑且不管這個。重要的是這東西乍看之下根本看不出是周邊，這種時尚設計很適合平時使用。這才是不過度張揚的愛。而你呢？」

二號盛氣凌人用手指向六號。

「在裁判員審判這種嚴肅場合穿上這種服裝高調宣示自己是『Cutie Girls』的粉絲！等審判結束之後，這裡所有人都會認為：『啊，所謂的偶像宅果然都是那種樣子。』總之我要說的是你這樣非常不成體統！」

我已經聽不懂他們到底在爭論什麼，甚至差點忘記現在正在進行裁判員審判。唯一知道的是，六號的臉已經慢慢由紅轉紫。

「你說什麼！」

「好了好了，六號先生。」

「——但是！」

二號迅速伸手制止突然起身的六號。

「我贊成被告對不起偶像宅這個意見。」

「二號……」

兩人緊握著彼此的手。

「真、真想不到呢。」左陪席說：「六個人裡竟然有兩位是同一個偶像的粉絲，這太巧了。那麼大家也都發表過一輪意見了，接著我們逐條來整理論點——。」

我對左陪席送上無聲的加油。他語氣雖然輕鬆，還是奮力要拉回話題，不讓他們帶偏方向。

「不。」

一號站起來。

不會吧……

就在我心裡冒出這句話的同時，左陪席的表情也凍結了。

「在場的粉絲有三個人。」

「哎呀哎呀，這真是……」

「饒了我吧……」我小聲叫苦。

「一號先生也……」左陪席瞪圓了眼睛：「我一直以為喜歡偶像的御宅族應該都是年輕人，真是抱歉，所以三位都……」

「我們應該都四、五十歲了，對吧？」

聽了一號這句話，二號和六號都點點頭。根據手邊的個人檔案，一號應該已經有家室，我真是不懂宅宅的世界。

「我們這一輩人從年輕時就開始迷松田聖子、中森明菜、小貓俱樂部……走過整個昭和偶像的黃金時期。當時迷過偶像的男人，可以說身上都流著喜歡偶像的血。」

「當老師的人就是愛說教。」一號摸摸鼻子說：「事實上在偶像表演現場有很多所謂的『浪漫銀髮族』，那些大叔年紀可比我大多了。」

「……這麼說也是啦。」左陪席搔搔頭：「確實，我小時候經歷過『早安少女組。』的全盛期，高中左右開始流行AKB……。」

「只要曾經迷過一樣東西，說不定有一天你也會再次感受到熱血沸騰。」

六號說完咧嘴一笑。左陪席的表情顯得很複雜。

「二號先生跟六號先生……」一號大幅點點頭，一邊說：「難怪我一直覺得兩位似曾相識，我們應該經常在『現場』打照面吧。」

「請問，您說的現場是？」左陪席一臉困惑地發問。

「是指偶像的活動或者現場演唱會，這種說法確實比較特殊一點。」二號又擺出教師的樣子開始解說。

「嗯，你這麼一說我也覺得好像見過一號先生……」六號點點頭。

「這也不是太重要。剛剛兩位說『被告對不起偶像宅』，這一點恕我實在無法認同。」

「喔，怎麼說？」

六號語氣有些挑釁。

「你們呢……」一號撫著下巴：「應該是屬於那種用全身來表現對偶像的愛的人

吧。剛剛聽你們交談又更確認了這個想法，我也經常看到六號先生在最前打Call。」

「那個……什麼是最前？還有什麼是打Call？」左陪席問。

二號回答。

「最前是指現場演唱會最前面的第一排。打Call是指聽眾呼應歌曲的喊聲。欸，你這樣一直問我們很難往下講，可以等一下再問嗎？」

「抱、抱歉。」左陪席道歉的同時，向我丟來一個「現在是我的錯嘍？」的視線。

「好。」一號繼續往下說：「剛剛說到哪裡了？喔，對了。我想說的是，我還有被告這種宅男，和你們兩位有著根本的差異。」

「這確實沒錯。」二號有感而發地說：「粉絲跟偶像之間的關係可以有很多不同方式。有人像我們一樣，想跟偶像合力共同打造出現場演唱會，有人靜靜看完演唱會後回家，有人覺得在握手會或簽名會上的交談具有特別意義，甚至還有人每逢握手會就想上前說教，指點偶像舞蹈動作錯誤等等，一定要在對方面前表現出『我比任何人都關注妳』才肯罷休。」

「哎呀哎呀，原來會這樣啊。」

「啊，我不是喔！」聽到三號的語氣似乎有點不敢恭維，二號連忙補充。

「……無論如何，」一號滿臉不高興地說：「我是不打Call的那一派，也不會揮手燈，聽偶像現場演唱會時我會用心細細感受……彷彿要跟歌曲較勁般的打Call，到底有什麼意義呢？」

「喔？」六號哼了一聲：「所以你就是所謂的『地藏』吧。真的感觸很深的時候我也會進入那種狀態。」

從前後脈絡推測，「地藏」應該是指不打Call、在現場安靜鑑賞的人吧。

「看來我們的基本路線不同。用盡全力來回應偶像用盡全力唱的歌，這才是該有的禮儀吧？現場演唱會的會場，難道不是由偶像和粉絲合力打造出來的嗎？」

「現場演唱會的主角當然是偶像本身。」一號高聲主張：「總之，像我跟被告這種安靜欣賞偶像的類型，光是引發這種事件就已經夠惶恐的了。他雖然沒說出口，但我認為他一定已經充分反省了。」

「你這些話聽起來是很有道理。」二號又擺出訓誡般的口吻：「但反省要是不說出口，別人怎麼知道呢？」

「沒錯！」六號情緒激動地站起來：「在『現場』也是一樣的道理，所以我們才會發出聲音、揮動手燈，希望把我們的心意傳達給偶像知道。」

一說到偶像，六號的話就會變多，語氣也會變得隨便。

「『Cutie Girls』曾經有過好幾椿偶像跟粉絲之間的美好故事，其中之一是關於御子柴早紀的名曲〈Over the Rainbow〉。現場演唱會前一天，御子柴早紀上廣播節目時說道，很希望可以在唱到『跨越那道彩虹去見你』這句歌詞時，看到所有手燈同時發光。她說除了自己的代表色紅色，還希望可以用所有顏色在會場搭起一道彩虹橋。聽了這個廣播節目的粉絲透過SNS的資訊分享，知道了她的心願，所以現場演唱會當天大家帶上了手邊所有手燈。現在在『Spring Festival』東京公演第二天現場發的這份打Call須知上……」

六號亮出他智慧型手機裡的照片。

「就像這樣，在那句歌詞的部分用手寫加上了『所有顏色同時點亮』的附註。因為廣播節目播出的時候這些打Call須知都已經印好了，所以製作打Call須知的主辦方是一張一張仔細手寫補上去的。

看了這份須知之後，有的粉絲認真準備了從紅到紫色完整七個顏色的手燈，也有強者把自己所有手燈都拿來戴在自己頭上。在現場演唱會的MC時段御子柴早紀也提到她的感動。難道你不覺得這種心與心的交流，只有在全力唱歌的偶像跟全力打Call

回應的粉絲之間才會產生嗎？」

「這……」

一號語塞。

「哎呀哎呀。」三號有些困惑地說：「好像愈聽愈有意思了呢……」

令人頭痛的話題終於告一段落，我這才清醒過來。如果不趁現在插進去修正方向，之後很難繼續推動評議。

「好的，那麼——」就在我好不容易開了口時，二號又說出了意料之外的事實。

「說到手燈，我覺得現場留下的手燈袋有些疑點。」

疑點？宅宅們的討論涉及了物證，這頓時引起了我的興趣。

「喔？二號先生也發現了嗎？」

六號馬上對二號的發言做出反應。

「二號先生想說的應該是夾雜著無關手燈這件事吧？」

「沒錯沒錯。」

「請等一等。」我打斷他們：「你們說手燈奇怪，是指哪裡奇怪？」

「啊？」

六號眨了眨眼，就像在說「你怎麼連這一點都看不出來」。真是不服氣。

「其實就是……啊，有東西看解釋起來比較快。審判長，這種時候應該可以申請看物證吧？」

「嗯，可以的。請稍等一下。」

審判長叫來站在房門外的庭務員，這種時候還能表現得如此沉著，實在令人佩服。

過了一會兒，庭務員把手燈袋拿過來。

手燈袋被放在六號的座位前。

「這個手燈袋是怎麼個用法？」

「基本上呢……」

取得審判長的許可後，六號戴上白手套碰了手燈袋。他看起來很抗拒沾了血跡的手燈袋，但還是將其斜放在身體前。

「畢竟是證物，我想放在身前示意就好……我們會像揹肩包一樣，把它斜揹在肩上。這樣這十五個袋口就會並排在自己身前，每個袋子裡面都可以放進手燈。」

現在這十五個袋子都維持案發當時的狀態，放滿十五只手燈。

手燈全長大約二十公分，可以大致分為握把部分和發光部分，各約十公分左右。

放進袋中後，大部分的發光部分都會被袋子的布料遮住。實際上放進去後，可以看到大約只有發光部尾端三公分左右跟握把部分露在外面。

被害人被毆打時手燈袋就在近處，上面附著了被害人遭毆打後頭部飛濺出的血。接觸到血跡時手燈都放在袋子裡，所以口袋外側到手燈握把部分都留有許多血跡。

「原來有這麼多種顏色啊。」三號說：「紅色、橘色、黃色、粉紅色、藍色、米色……真是繽紛呢。」

「是啊，因為『Cutie Girls』人數很多。這些應該是每個成員的代表色吧？」四號冷靜不帶感情地說。

「原來叫代表色啊。」五號用力地點點頭：「那你們剛剛提到好幾次的御子柴早紀，她的代表色是紅色，對嗎？」

「對，就是這個。」

六號抽出紅色手燈。

「喔~真有意思。」三號頻頻點頭：「所以你們會用這個表演電視上說的『御宅藝』嗎？我對你們說的偶像『現場』不是很清楚。」

六號激動地就要開口：「才不是！」但馬上被二號制止，二號平靜地說：「不，現在很多偶像現場都禁止所謂的『御宅藝』。一來因為動作太激烈，也有可能因為手燈從手裡飛出去引發意外。有一部分地下偶像的現場可能還會看到吧，就拿最具代表性的『AKB48』劇場來說，不管是站立或者把包含手燈在內的加油道具舉到肩部以上，都是禁止的。」

「喔……」我不禁嘆了口氣。實際上的偶像現場，似乎遠比我想像的更有紀律。

「在這個前提下我們再回頭來解釋『Cutie Girls』的現場，這裡主要以唱和聲和手燈的打Call為主。」

「所謂的手燈……」一號接下說明的棒子：「原本不應該有這麼多。通常就像被告一樣，只會有一或兩只可以換色的手燈。再來還會攜帶大量折斷之後會發光的螢光棒。螢光棒的亮光只會持續一到三分鐘左右，所以需要帶多一點。『Cutie Girls』的成員有二十七人之多，每個成員都有自己的代表色，也就是會有各成員專用的應援手燈，所以才會出現這種方便攜帶大量手燈的道具。不過實際上會用這種手燈袋的人也只佔所有粉絲的一到兩成，大部分人還是只會帶一只能換色的手燈。

我記得這個案子裡的被害人帶了這個手燈袋和換色手燈，被告則只帶了換色手燈。」

「對了，我記得案發現場除了這些。」五號點點頭：「還留下了大量的螢光棒，是橘色的吧。」

「嗯。」六號繼續往下說明：「第二天的曲目預測中，有很多都是熱度很高的曲子。他應該是預測有很多『燒』UO、也就是Ultra Orange螢光棒的機會吧。」

用「燒」來形容螢光棒的這種說法，讓我受到一陣文化衝擊。

「所以呢？」左陪席終於忍不住，催促他們往下說：「奇怪的地方在哪裡呢？」

「現在這裡裝了十五只手燈不是嗎？而現場演唱會分成兩天舉辦。其實這兩天登台表演的人不一樣。

二十七個成員中，第一天出現十四個人、第二天出現十三個人。這裡雖然有第二天十三個參加者的手燈，但是卻混進了兩只第一天表演成員的手燈。」

「有問題的是哪兩只呢？」

四號也迫不及待急著追問。

「這個，還有這個。」

六號抽出兩只手燈。根據他的說明，這兩只分別是天滿螢和桃瀨鈴這兩位成員的代表色，藍色跟黃色。

「你看。」六號望向審判長：「這兩只無關的手燈，不覺得有蹊蹺嗎……？」

「這……」審判長露出明顯的困惑：「會不會是因為不喜歡兩個袋子空著？」

「不。」二號立刻否定：「假如是這樣，那大可放進可換色的款式。事實上被害人的後背包裡也有這種類型的手燈。」

「那……」一號輕輕舉起手：「會不會是這樣？第二天那兩位可能是驚喜出場的彩蛋，他為了以防萬一所以先準備好？」

「不，這不可能。」

六號斬釘截鐵地說，一號顯得很狼狽。

「我敢這麼說是因為我也做過這個假設，事先調查過。」六號取出智慧型手機：「你們看。這是被害人的SNS帳號……」

包含我在內的三名職業法官，都感到一股雷擊般的震驚。

「等、等一下，不能這樣！」我拍了一下桌子站起來：「各位裁判員必須只根據在審判上提出的證據做出正確判斷才行。」

「但是實際上我們不可能完全不接觸到報章雜誌和新聞媒體。既然這樣，當然很容易從被害人的本名和個人資料這些線索找出疑似他的帳號啊。嘿嘿嘿。」

六號一點也不覺得自己有錯。

「這個帳號在案發前一天分享了一篇整理『「Cutie Girls」成員現場演唱會當天行程』的報導。另外他還加上這句評語：『看來是不會有「早螢」雙人組合的彩蛋了。才剛出了CD，本來很期待的。』」

「什麼是『早螢』？」

「御子柴早紀跟天滿螢的組合。」一號粗聲說：「同時入團的她們感情很好，所以也有很多她們雙人組合的曲子。大家都在猜測命案隔天——也就是東京公演的第二天會不會唱這些歌，畢竟御子柴早紀第二天會上台，可是天滿螢這一天有電視現場演出的行程。沒錯沒錯，六號先生提起這件事之前我都差點忘了。」

「看您情緒這麼激動，應該是『早螢』推吧？」被六號這麼一說，一號的臉馬上泛紅：「總之，無論如何天滿螢是不可能參加現場演唱會的驚喜表演。而這一點被害人也很清楚。所以為了驚喜表演而準備兩只手燈這個假設是說不通的。」

「嗯……」審判長皺起眉根搔搔頭：「這麼聽各位說來真有點奇怪，確實很難解釋。但應該也不至於太過大驚小怪吧？」

「嗯。」六號也搔搔頭：「但我總覺得其中有什麼問題。」

「你們看，這是不是有點奇怪啊？」

五號將臉貼近手燈袋，偏著頭說。

「我說的不是剛剛各位討論的那兩只手燈，你們看這裡，御子柴早紀的紅色手燈。只有這個手燈的握把上沒有濺到血跡呢。」

仔細一看，其他手燈的握把上都沾滿了血，卻只有御子柴早紀的手燈握把乾乾淨淨。不只前面提到的痠痛貼布和燃燒灰燼，看來他是個很留意細節的男人呢。

「啊，真的耶。」六號也歪著頭：「但為什麼只有這一只呢？」

六號又看了看裝著御子柴早紀紅色手燈的口袋內側，然後「啊！」地輕叫一聲。

「你、你們看！」

「怎麼了？」二號問。

「口袋內側有血跡。」

「哎呀哎呀！」

三號的叫聲之後，我們逐一看過手燈袋。確實沒錯，口袋內側留有類似血跡的痕跡。

「這到底是……？」

「等等，這真的不太妙吧。」四號緊張地說：「這表示警察沒注意到對吧？審判上也沒有提到這件事？」

「我記得應該有關於血跡的記載……請稍等一下。」

審判長要來現場勘驗報告，取出他的老花眼鏡，用手指在文件上滑動。

「找到了。鑑識人員發現了血跡，也向偵查小組報告了。如果手燈有可能是兇器，跟案子有關聯性，偵查本部或許會仔細研究。他們大概覺得是不小心沾上的，所以沒有特別留意吧。」

「這是警方的怠慢！」六號粗聲大喊：「這可是當紅偶像早紀的手燈呢，留下這種痕跡一定別有深意！」

我暗自在內心反駁，也只有你們這些宅宅會在這種地方上發現特別意義吧。

「嗯……」一號沉吟著：「這東西確實就在被害人附近，一不小心沾到也不是不可能。但從被毆打的頭部飛濺出來的血，有可能會噴到口袋內側去嗎？」

一號提出這個疑問後，五號也回應：「應該很難吧。」

「這種血跡沾附在內側的狀況……有哪些可能呢？」

二號的口氣好比在誘導學生思考的老師。一號回答：

「比方說血先濺到手燈發光部分，之後才將手燈收進袋裡？」

「但是手燈被口袋覆蓋的部分沾著血。」五號開了口：「這就表示兇手動手時有人將手燈從袋裡抽出來？」

「手燈的握把上沒有血也證明了這一點。」二號亢奮說：「因為有人握著握把，剛好被手包覆住了，所以沒沾到血。」

「哎呀哎呀，這真是……」

「手握著手燈？」審判長緊蹙著眉：「等一等，為什麼需要握著手燈？」
「這個『有人』，就是被害人吧？」四號說。
「沒錯！被害人的頭被毆打了兩次。」六號雙手用力一拍：「第一次被打後他將手燈袋拉向自己這邊，抽出御子柴早紀的手燈，緊接著被打了第二次。這時候血濺到手燈的發光部分。」
「為什麼都被打了還要拿手燈？」
二號提出疑問，左陪席先回答：「有沒有可能是為了反擊？」
「不，這不太可能。」二號搖搖頭：「您拿拿看就知道，其實這手燈的材質出乎意料地輕。」
我和左陪席好奇地握著手燈，確認二號的說法。
「那個……我猜啦，會不會是拿來當照明用？」三號這個假設很符合常識。
「嗯……」五號一臉不以為然：「妳的意思是當時現場一片漆黑？」
「事件當天現場附近並沒有停電的狀況。」審判長補充。
「這麼一來。」六號沉吟道：「就表示是被害人或兇手刻意關掉燈光。但為什麼要這麼做？再說，一片黑暗之中，兇手要怎麼瞄準被害人攻擊？」
六號丟出的這些疑問都很合理。

「啊！」

五號大聲一叫，所有人都同時轉向他。他有些尷尬地先摀住自己的嘴，然後激烈地搖頭。

「你想到什麼了嗎？」六號說話的態度顯得高高在上：「說吧。不管是什麼意見都不需要覺得丟臉。」

「不、那個……我腦袋不太好，而且這也不是什麼了不起的猜測……」

「什麼都好，你就說說看吧。」

「……真、真的可以說嗎？」

「別再拖拖拉拉的。」四號往五號背後用力一拍：「你就爽快點說出來吧！」

「那……各位就當我胡說，隨便聽聽吧。

剛剛大家說手燈可能是武器或者燈光，但是這個手燈原本是御子柴早紀的象徵吧？我想，如果把注意力放到這一點會怎麼樣。這樣是不是表示被害人臨死前拿起手燈，其實是想表示御子柴早紀就是兇手？」

「你、你是認真的嗎？」一號滿臉訝異：「開玩笑也要有個限度。假如真如你所說，這就成了所謂的死前訊息啊。」

「但是這樣一想很多事就都說得通了不是嗎？第一次被打時，被害人發現自己被御子柴早紀攻擊。所以從手燈袋裡抽出手燈，想留下死前訊息。

第二次攻擊後，御子柴早紀發現被害人手裡握著手燈，當然不能就這樣放著不管，所以她把手燈放回手燈袋裡。這時候血已經四散飛濺，就算擦拭，那是叫做魯米諾反應嗎？遇到那種血液檢查一下就會敗露。與其不自然地只擦拭自己那只手燈，還不如放進沾滿了鮮血、到處是飛散血跡的手燈袋裡來掩飾，說不定還有可能蒙混過去。你們看，這麼一來就可以解釋為什麼握把上沒有血跡，還有放回手燈袋時口袋內側沾著血液擦痕了不是嗎？」

聽了他的說明，眾人茫然失神了好一陣子。

「不、可是這……」

連剛剛辯才無礙的六號也被這個發展徹底震懾，他的聲音不自覺地發顫。

「你的意思是……是御子柴早紀殺了被害人？」

六號說出口後，這個事實才真正進入我腦中。

不、問題可不只這樣。假如這個死前訊息是真的，真兇是御子柴早紀，也就是說，現在的被告其實是清白的——

「就是啊！」

沒想到在這時候出聲抗議的竟然是三號。

「我說你啊！我也不想這樣指責你這種年輕人，但是再怎麼樣也不能這麼說吧？小早殺人？真是荒唐！」

「小、小早？」

審判長瞪圓著眼睛反問。

「該不會妳也……」

左陪席怯生生地問，三號連忙想解釋。

「啊、不是啦，我不懂什麼現場不現場的啦，手燈我也是今天第一次看到。但是經常會追電視和廣播節目……怎麼說呢，我就是覺得很可愛啊，御子柴早紀真的很可愛，天真無邪的，總是露出開朗的笑臉，而且唱歌跳舞都很棒。」

聽到從女性角度出發對御子柴早紀真誠的評論，一號二號和六號都深深頷首認同。

「我有兒子，但偶爾也會覺得很想要女兒。我這樣說可能有點不知分寸啦，但我就是用看自己女兒的心情一直在默默支持她。」

「這位太太，您堪稱是粉絲的榜樣啊！」

一號高聲這麼說。可能覺得對方跟喜歡聽歌時用心細細感受的自己心意相通吧。

「啊，如果是這樣的話，其實我也經常在追『Cutie Girls』的活動啦。不過只是電視或雜誌上的消息。」五號搔著頭：「我也去過其他偶像的現場，但是『Cutie

Girls』的門票競爭實在太激烈了。而且剛剛一號先生和六號先生氣勢實在太驚人，總覺得沒有常去現場演唱會就不能自稱粉絲了。」

「沒有這回事！」六號把手放在五號肩上：「每個人支持偶像的方法都不一樣。不去現場，喜歡從電視節目或者購買CD、DVD來欣賞偶像的『居家宅』也一樣是宅。粉絲也有程度差異的。」

但是現場演唱會真的很有趣呢。怎麼樣？我這邊多一張下個月仙台公演的票，看在我們一起當過裁判員的情分上，不如一起……」

「仙台！我想吃牛舌！」

五號說得口水都快滴下來了。

「嗯嗯，地方特產也是遠征的樂趣之一。提早去當地還可以小小觀光一下。假如你能喝酒，之後可以跟我們一起去慶功。」

眼看話題又往奇怪的方向愈聊愈熱烈。我忍不住對審判長使了個眼色。審判長點點頭，表示接收到了，他開口道：「那個，關於御子柴早紀小姐的嫌疑……」

「荒唐！」

四號突然拍了一下桌面，現場頓時陷入一片寂靜。

「一直講這些無關緊要的事要說到什麼時候啊？真是受不了。所以我才討厭你們這些宅宅。如果覺得那丫頭是兇手，那就是算她是好了，她真的是兇手我倒覺得痛快……」

「等一下，妳剛這些話我可聽不下去。」

六號制止了她。

「就是啊。」三號生氣地說：「小早怎麼可能是兇手呢。」

「不、不是這個問題，太太。剛剛她稱呼御子柴早紀『那丫頭』呢。」

四號緊抿著嘴，不斷眨動眼睛。臉上似乎大大地寫著「糟了」。

「妳叫得倒是挺親密的，確實有些粉絲喜歡這樣裝熟……」

「不！」四號堅持地否定：「該怎麼說呢……我……硬要說的話應該屬於不是粉絲的那邊吧……」

「啊？」六號偏著頭：「妳到底是……」

「啊啊啊！」

又是五號。他那表情就好像看到了這個世上不該出現的東西一樣，指著四號嘴巴不斷開開闔闔。

「啊啊！」

「怎麼了，五號先生？」審判長問道：「您發現了什麼嗎？」

「請問……」五號沒有回應審判長，逕自跑到四號面前：「恕我冒昧，請教一下，您該不會是之前『櫻色乙女』那個偶像團體的隊長吧——？」

「哇！哇！哇！」四號急忙摀住五號的嘴：「不要再說下去了！」

「嗚啊嗚啊。」

「很癢，你不要再說話了！」

「這……什麼意思？」左陪席眨著他的圓眼珠：「所以妳之前當過偶像？」

「也、也不算啦，啊哈哈哈……」

四號搔了搔臉頰，這才放開五號，尷尬地坐回椅子裡。

「說是偶像，也沒有像『Cutie Girls』那麼了不起啦。就是所謂的地下偶像，偶爾在一些小小的Live House演出而已，不過我們前年已經解散了。」

「我……」五號往前一滑：「我是妳們的頭號粉絲。應該說自從妳們解散之後，我整個人就像一個空殼子……所以追『Cutie Girls』的時候才只停留在居家宅的程度。」

「這樣啊……」四號臉一沉：「好像有點對不起你。」

「沒有這回事！追『櫻色乙女』那段日子，還有那些周邊跟現場演唱會DVD，直到現在還是我的寶貝。我還留著當時合照的Cheki呢。」

五號從口袋中拿出定期票夾想給對方看，但四號奮力阻止：「哇，這不行不行！」

「但是等一等，要當裁判員必須滿二十歲對吧？我記得妳們前年解散的時候資料上寫的是十七——」

「不、准、再、算。推測女人的年齡也太不解風情了吧。」

「喔喔喔，現役時代我都沒看過這麼甜美的偶像笑容！」

就在大家專注欣賞著四號和五號這齣鬧劇時，左陪席倏地舉起手：「剛剛說的Cheki——」話才說到一半，反應很快的二號馬上說明：「就是拍立得相機，或者是指拍出來的照片，在偶像現場經常會用到。」

審判長看著我：「就像我們年輕時用過的那種，拍完後馬上會從尾巴印出來的相機。」

「原來如此。」我點點頭。

「這種相機當場就可以顯影。」二號說：「所以可以馬上拿到照片的簽名，更重要的是可以留下回憶。心愛的雙人Cheki或劇照可以像這樣。」

二號打開之前給我們看過的智慧型手機外殼，從外殼附屬的口袋取出一張照片。

「寸步不離地隨身攜帶。」

「喔？我看看。」六號伸長了脖子探向二號手邊：「喔，這不是桃瀨鈴嗎？原來你是鈴推啊。喔～是這樣啊。」
「不、不行嗎！這是她生誕祭時拍的，拍得很好吧？」
「生誕祭……說得跟耶穌基督一樣。不就是慶生會嗎？」
聽我這麼說二號深有感觸地說。
「這就表示偶像的紀念日對我們來說有多重要。說不定跟家人一樣重要呢。」
是這樣嗎？看到有家室的一號那苦澀的表情，顯然這當中的平衡並不容易。
「對了，我經常在『櫻色乙女』現場看到一號呢。」四號說道：「你就是那個愛說教的粉絲吧？」
一號倉皇地僵住：「妳、妳在胡說什麼。」
「我記得你啊，每次握手會你都會說我舞步跳錯了、動作不整齊什麼的——」
「妳、妳也犯不著挑現在這種場合說吧。」
「我又沒說錯。」
「難怪我覺得你很面熟。」二號點點頭：「你在『Cutie Girls』的握手會上也做了一樣的事吧？案發時我在東京公演第二天看過你——」
被對方這麼一說，一號哀號了幾聲垂頭承認。
「……啊啊，確實沒錯。東京公演第二天時我也說了。我對御子柴早紀說她今天往左邊踏的舞步太鬆散！

剛剛說什麼我主張不打Call，其實我好羨慕可以跟偶像一起打造演唱會、一起炒熱氣氛的你們……！但我卻只能靠說教來跟偶像對話，我自己真是不中用。一次也好、就一次也好，我也想領頭打Call啊……！」

說著，一號竟然趴在桌上嗚嗚哭了起來。

二號將手放在一號背上，溫柔輕拍了好一陣子。

「一開始老實承認不就好了嗎？」

六號說完，一號猛地抬起頭。

「結束之後，我們一起去卡拉OK練習打Call吧！」

「六號先生……！」

一號表情激動地感嘆：「今天真是個好日子！能夠這樣跟大家一起聊偶像的話題，今天真的是個好日子。」

「但、但是這樣可以嗎？」左陪席有點困惑地說：「理應是從國民中隨機抽選出的六位，竟然全都是同一個偶像的粉絲或相關人士，這也太巧了……」

「我們會先製作裁判員候補名冊，從裡面進一步篩選出百名候補，請他們來到法院。在法院裡最後會由審判長——這次由我擔任——進行面談，沒有被刪掉的經由抽籤來選出。根據試算，一位國民被選為裁判員候補的機率大約是百分之〇．三左右，再考慮之後的篩選過程，機率就更低了。」

「我覺得應該反過來想吧。」五號用力點頭道：「第一天被叫到法院的百人裡，除了我們以外其實還有更多『Cutie Girls』的粉絲。不、以全國來看當然更多。因為『Cutie Girls』就是一個這麼受歡迎的團啊。」

「再說……」二號緊接著說：「聚集在這裡的人裡面，真正屬於重度宅的大概只有一號、六號跟我，三號、五號聽起來算是輕度的居家宅，四號其實應該不算宅吧。每個人程度都不太一樣。」

「面談的時候也沒有必要特別表明自己是『Cutie Girls』粉絲吧？」一號問。

「這……確實沒有必要。」

嚴格來說，同為偶像粉絲的案件，如果由相同團體的粉絲來審理可能會產生偏頗，的確可以作為迴避的理由。反過來說，有時也會有對御宅族抱持過度偏見的人成為裁判員。但如果在面談時問對方：「你對御宅族有偏見嗎？」這也不行，這種問題本身就是一種偏見。

「總之呢，」大致確認完大家的疑問後，四號嘆了一口氣：「這些都無所謂啦。我想說的是，我跟御子柴早紀從小學開始就是一起迷偶像的迷妹同好。」

「啊！」五號幾乎要跳起來：「這件事以前都……」

「我沒說過，畢竟說這些我又不會紅。再說了，我還在埋頭苦幹的時候，人家早就不知道往上爬到什麼地步了，我可不想因為隨便把這些事放在嘴邊被人家拿來比較。不過我們從小學開始迷AKB，當初也曾經是沉迷於偶像的無邪少女呢。」

看到五號的眼眶開始濕潤，四號顯得有點心慌，連忙刻意乾咳了兩聲。

「所以結論就是，我跟小早因為這些原因在彼此成為偶像之後還有往來，小早從剛出道時就一直因為跟蹤狂的問題很煩惱，也找過我商量，之前曾經擊退過對方一次，現在想想，我覺得這次事件的被害人跟那個跟蹤狂很像呢。」

「什麼！」

審判長眼睛張得斗大。

「這、這如果是真的，可是很嚴重的問題哪。」

「這麼重要的事怎麼之前都沒說呢？」

「還不是因為有太多無謂的干擾！」四號聽到我這句話奮力一拍桌子：「……再說，提起死前訊息之前，我也不知道小早跟案子會扯上關係，之後才想到也是當然的吧？」

「這……嗯……確實也是……」

裁判員在討論過程中發現跟涉案人員之間的關聯，這種事並不多見。審判長看來也不知道該如何處理眼前的情況。

「剛剛說的那個跟蹤狂，總是表現得好像掌握了小早什麼把柄。他手上可能有什麼用來勒索的材料。說得難聽一點，可能是以前私下拍的照片，八卦雜誌會刊出來的那種。他可能是用這個當成威脅，當天把小早叫了出來。如果是這樣，那動機……」

「這未免也想太多了吧。」

「但並不是無跡可尋啊。」四號篤定地說：「還有，假如這個推理正確，就可以讓那丫頭站上證人台……不覺得這種場面很八卦、很有趣嗎？」

這句話傳遍整間評議室，所有裁判員頓時包圍在一股類似熱病的氣息中。

「沒有錯，假如御子柴早紀是兇手的話！」一號人叫。

「御子柴早紀就得上法庭！」二號打了個響指。

「哎呀哎呀，這真是真是！小早會來法庭嗎？」三號站了起來。

「對啊，那丫頭會出現……」四號露出反派的表情。

「不只是握手會或者Cheki留下的一瞬間……也不是現場演唱會那種遙遠距離……御子柴早紀會一直保持這樣的距離感。」五號喃喃碎唸著。

「根據之前審理的經驗，幾乎要花上一整天呢。這可不是現場演唱會的長度能相比的……」六號的雙眼發亮。

我們幾個法官的反應完全跟不上他們的節奏。

「審判！」

「御子柴早紀！」

「會來參加審判！」

「WURYAOI！」

「WURYAOI！」

這謎樣的唱和聲大概就是他們所謂在現場演唱會的打Call吧。

「等——」

等一等。我根本沒機會說出口，評議室就已經被一股瘋狂所掌控。

「五號！」六號彈了個響指：「根據你所說的死前訊息推理，假如御子柴早紀是兇手，那麼被告在這裡扮演的是什麼角色？」

「是的，六號先生。毫無疑問，他是在替御子柴早紀頂罪！」

「真是粉絲之光！」二號誇大地說。

「確實！讓我收回剛剛的話！」六號感慨地表示。

「那個……」一號皺起眉頭：「但如果是這樣，被告是什麼時候知道出事，決心要替御子柴早紀頂罪的呢？」

「假如事情就發生在他眼前呢？」三號偏著頭說。

「既然如此。」六號回應：「為什麼被告不阻止御子柴早紀呢？還有，被告到底知不知道御子柴早紀跟被害人之間的關係？嗯，我搞不懂。」

「啊！」五號拍了一下手：「假如案發當時被告不在現場呢？」

「沒錯！」四號點點頭：「五號，你在現場雖然是個毫不起眼的粉絲，但是今天挺靈光的呢。」

「能獲得您的誇獎真是太榮幸了！」

一號順著五號的推測往下說：

「被告在案發當時外出，等他回來發現了被害人的屍體和御子柴早紀。好，到這邊為止大家應該都沒有問題吧？那如果當時被告人不在現場，他去哪裡了呢？」

四號將啃到一半的指甲移開嘴邊，說道：

「被害人可能為了單獨跟那傢伙相處，故意支開了被告。但他用的是什麼藉口呢——可惡。粉絲在第一天和第二天公演之間外出，有哪些可能的原因呢？」

「慶功嗎？」二號說道。

「兩個人一起去旅行卻只有一個人慶祝？」四號馬上否定這個說法。

「那也不一定喔。」六號不認輸地說：「也可能有〇〇推餐會這種限定活動。不過應該不是吧，被害人是早螢推，而被告是御子柴早紀的粉絲，他們兩個人分開行動沒什麼意義。」

「而且去慶祝就是要跟同行的人天南地北地聊才開心啊。」一號感觸很深地說：「其他的可能大概就是手燈用的電池沒電，得出去買之類的……」

「出去買東西……」

四號的喃喃碎語傳進了二號耳裡。

「現場那些大量的UO螢光棒！」

二號這麼大叫之後，所有人都伸出手指：「就是這個！」

二號繼續往下說：

「第二天預計的歌單裡有很多可能會用到UO螢光棒的曲子。對被害人來說，這剛好是可以用來支開礙事被告的好藉口。被告被交代去多買點螢光棒後離開飯店，等他回來時，在房裡看到的是陳屍的被害人跟御子柴早紀。不難想像被告此時心中的驚訝。原本只存在舞台上、只存在高高天上的人竟然近在眼前，而且還髒了她的手。」

聽到二號這麼分析，五號數度用力點頭。

「被告聽完小早說出來龍去脈後，決定替她頂罪，所以小早離開了現場。」

「這樣的話有一件事的答案就很明顯了。」六號咧嘴笑了起來：「那就是菸灰缸裡燒掉的紙片。根據這個推理，被告手上有個無論如何都得燒掉的東西。」

「收據！」四號彈了個響指。

「收據上印有被告購買UO螢光棒的時間！」二號大叫。

「原來如此。」一號低聲說話的聲音聽來就像在說著囈語：「假如這能作為被告的不在場證明，那警方就會懷疑兇手另有其人……」

「哎呀哎呀。可是既然燒掉，就無法當作被告的不在場證明了……」

「……不，還有一個。」

五號沉重地開口。

「三號小姐，您剛剛說過，被告跟令公子很像對嗎？」

「啊？是啊是啊，沒錯。我有我兒子的照片，要看嗎？」

三號打開筆記本，讓大家看她的全家福照片，五名裁判員一起走過去看，我和左陪席腳步稍慢，審判長則泰然自若地繼續坐在位子上。

「一、一點也不像呢。」

我不禁脫口而出。細長的體型雖然相似，但長相卻一點也不像。

「等一等。」五號打斷了我：「三號小姐，您剛剛說案發當天在秋葉原看到了令公子。能不能跟我們說明一下當時的狀況？」
「啊……這，我、我想想看啊。我看到了他的背影，出聲叫他，但不一會兒他就消失在人群裡了……。」
「您看到的是背影對嗎？」五號點點頭：「請回想一下今天被告退庭時的狀況，當時您應該也看到了被告的背影。妳在秋葉原以為看到自己兒子的那個背影，是不是很像這個背影？」
我不由得呆呆張大了嘴。這種誘導詢問也太荒唐了吧。
三號愣了一會兒，大概是在反芻這些話的過程中漸漸湧現自信，她開始頻頻用力點頭：「對對對！就是他！」
「所以妳案發當天在秋葉原看到的其實是……？」
「沒有錯，我都想起來了。案發當天我確實在秋葉原看到了被告！就在那天晚上，剛好是被害人的死亡推測時刻！」
「不在場證明成立了！」六號大喊。
「WURYAOI！」
「WURYAOI！」
評議室被一陣喧囂包圍。簡直跟廟會一樣熱鬧。

「太荒唐了，怎麼可能接受這種說法！」左陪席拍了一下白板：「什麼不在場證明成立！司法可不會承認！」

「就、就是啊。」我連忙附和他：「五號先生剛剛的問題完全是一種誘導詢問，這樣是不行的。」

「你們還真頑固。」

說話的二號顯得很不耐。真是不服氣。錯的明明不是我們啊。

「好！那我們就提出更多證據吧。這樣就可以證明被告不在現場，讓我們一起合力把御子柴早紀帶到現場來吧！」

「可是到底要怎麼樣才能證明？」一號提出疑問。

「……痠痛貼布。」

五號恍然大悟般地喃喃自語。

「痠痛貼布呢？被告和被害人身上都沒有貼，那只可能是身在現場的第三者貼的。假如御子柴早紀身上貼了痠痛貼布，那……」

「話說得沒錯啦。」四號無奈地說：「但這種事要怎麼證明呢——」

「啊啊啊！」

二號大叫了起來。

「喂！幹嘛啦，怎麼了嗎？」

「……會貼痠痛貼布。」二號顫著聲音說：「表示有肌肉痠痛、或者受了傷對吧？」

「在命案現場覺得肌肉痠痛也太滑稽了，應該是受傷吧？可能是扭傷之類的——啊啊啊！」

緊接在二號之後，連五號也慘叫了起來，我看這兩個人的腦子大概快要燒壞了。

四號似乎也跟我有一樣的想法。

「怎、怎麼了啦，你們兩個又怎麼了？」

「一號先生，你剛剛說，在東京公演第二天對御子柴早紀說教了一番對嗎？」

「這、這件事我也深切在反省，請就別再舊事重提了……」

「不是啦！」五號說：「當時你說她往左邊踏的舞步太過鬆散，對吧？」

「是啊，確實是這樣——」

一號先停下了動作，然後淒厲地大叫：「怎麼會！」

「原來是這樣！」六號說道：「御子柴早紀在現場可能絆到了什麼東西弄傷左腳，大概是扭傷吧。被告看了於心不忍，買了痠痛貼布讓她貼在左腳上。當時他並不認為用完的痠痛貼布會成為什麼重要的證據，直接丟進了垃圾筒。」

「但他卻燒掉了收據。」四號說道。

「畢竟以物證來說，收據確實讓人覺得更加重要，也難怪他沒注意到。總之，被告和被害人身上都沒有貼痠痛貼布，只可能是第三者貼的。」

「御子柴早紀來過殺害現場！」

「WURYAOI！」

「WURYAOI！」

「無罪！」

「被告無罪！」

評議室裡忽然刮起一陣整齊劃一的打Call狂風。

以陪審員或裁判員為題材的虛構作品，往往會描寫出一種理想——無名市民齊聚一堂各自發揮智慧，由正義獲得最後勝利。但是現實中真的有可能集結這麼一群具備特殊傾向的市民嗎？

三名職業法官中，第一個失去理性的是左陪席。

「荒謬！荒謬！太荒謬了！」左陪席幾近瘋狂地大叫抗議：「這種鬧劇我可不承認！審判長！你說是吧！」

這個男人有著天生的開朗個性和比人強的正義感。看到眼前這番可笑荒唐的鬧劇不可能靜靜坐視不管。

「啊、對……」大概是被左陪席那樣子給嚇到，審判長有點畏怯地回答：「確實沒錯，不過……」

「你看！是吧！首先命案現場的房間是雙床房，非常寬敞！被告和被害人大概都很愛乾淨，除了床鋪上房裡並沒有放太多行李！扭傷？你倒是說說到底要在哪裡、怎麼扭傷？這種狀況如果要成立——」

「如果房裡是一片漆黑呢？」

三號得意地這麼說，瞬時裁判員間贊同聲此起彼落，「就是啊！就是啊！」那個瞬間，左陪席顫著肩膀開始笑了起來。

「這話可是你們先說的，現場一片黑暗是嗎！所以御子柴早紀因此扭傷？好！那你們要怎麼回答下面這個問題？

被害人的頭被毆打之後，他如何辨識出兇手的長相，而且還得從一片漆黑中準確抽出御子柴早紀的手燈？」

啊！我拍了一下膝頭。

「這是因為……」二號接不了話。

「沒有錯。在這個瞬間，你們的死前訊息論都化為泡影。怎麼樣？還有其他可能嗎？雖然一片漆黑但還是能一眼分辨出是御子柴早紀手燈的狀況？案發當時並沒有停電，所以還得解釋兇手或被害人刻意關燈的理由，甚至兇手非得在一片黑暗中毆打被害人頭部的理由。怎麼樣？現在知道你們的推理有多薄弱了吧！」

聽了左陪席的問題，所有裁判員終於沉默了下來。我這才放下心，試圖開始摸索讓這場失控評議回到原本軌道的方法。

「不……都到了這個地步怎麼能輕言放棄！」

「一號先生，說得好！」二號拍拍一號的肩膀：「我們一定能找到破口！」

「你們還打算繼續掙扎嗎——？」

「那讓我問一個問題就好。」六號無畏地一笑：「審判長，根據供述，被告和被害人是正在看『Cutie Girls』現場演唱會DVD時發生爭執而起的犯行。那當時現場演唱會DVD播放的位置停在哪裡？」

「啊？」

審判長圓瞪著眼。這出乎意料的問題也讓左陪席再次完全陷入凍結狀態。

我急忙拿過剛剛審判長看過的現場勘驗報告尋找相關記載，回答了這個問題。

「我看看，根據這裡的記載，當時試著按下飯店的播放器，發現是從第二張的一小時三十三分處開始播放的。」

我暗自讚嘆，竟然連這種細節都詳實記載了下來。被告表示他在殺人之後立刻停下了DVD，現場警官大概也好奇地查了一下吧。

「原來如此，第二張的一小時三十三分。我猜，應該是御子柴早紀的名曲〈Over the Rainbow〉吧。」

六號微笑著。

「果然沒錯。那麼您剛剛的問題這下都可以解釋了。」

「……哈？」左陪席顯得很不以為然：「胡鬧也要有個限度，案發現場播的曲子又怎麼了？光憑這一點怎麼可能解決我舉出的所有疑——」

「如果。」六號豎起食指：「被害人在黑暗中是先將所有手燈袋裡的手燈都打開，那麼一眼就可以抽出御子柴早紀的代表色：紅色。這一點你總承認吧？」

「……那、那確實是可以吧。」

「看現場演唱會DVD時，被害人為了練習某件事，親自關了燈，並且把所有手燈袋裡的手燈都打開。被害人把整個手燈袋都高舉在頭上，所以兇手才能正確地攻擊被害人的頭部——」

「所以我問你他到底為什麼要做出這種舉動啊！」

「就在東京公演的第一天！隔天要上台的御子柴早紀在廣播節目上這麼說：

『〈Over the Rainbow〉這首歌裡，有一句歌詞是〈跨越那道彩虹去見你〉，我希望所有粉絲在這時候可以——』。」

一號和二號異口同聲地大叫：

「點亮所有顏色！」

我真想抱住自己的頭。沒錯，他們剛剛才說完這個話題。如果大家同時點亮手上的手燈呈現出彩虹的顏色，那景色一定很漂亮吧，真想看看。剛剛才說完這個宅宅們迅速回應偶像心願的故事——。

「沒有錯！被害人那天一邊看著過去的現場演唱會DVD，一邊在練習點亮所有顏色的時間！被害人雖然威脅御子柴早紀，但再怎麼說也是個偶像宅。參與現場演唱會的特殊演出就像是參加祭典，站在偶像宅的立場當然會想練習。

但是過去的現場演唱會裡唱到〈Over the Rainbow〉時，當然還沒有點亮所有顏色這個橋段，不過歌是同一首，練習點燈時機是沒有問題的。唱到這句歌詞的那一瞬間，打開手燈袋裡所有手燈的開關，然後高高舉起。正式上場時一定會手忙腳亂。所以被害人才需要練習。因此，當時所有的手燈都是點亮的。」

聽了六號這番解釋，一號低聲沉吟。

「那之所以混入兩只不相干的手燈也是這個原因嘍？追加藍色和黃色，形成彩虹的顏色……加上第二天的四個成員跟御子柴早紀的紅色，就完成了七色彩虹，其他八只如果也一起點亮就更燦爛了。」

「這麼一來，」二號接續下去：「靠手燈和電視畫面的光應該可以看到兇手的臉，也能挑出御子柴早紀的手燈……」

「被發現時手燈的電源是關上的。」三號說道：「這一定是被告關的吧。為了掩飾死亡時的真正狀況……」

「不只這樣……」

四號哀傷地說：

「我知道現場演唱會DVD被停在那個時候的原因了。畢竟被告主張他殺人之後恢復冷靜，關掉了DVD，聽起來實在太不自然。

……早紀無法忍受在自己殺人現場，播放自己創作的歌，所以才立刻停止播放。而她萬萬沒想到，會以這種方式留下線索。」

左陪席好像全身虛脫了般，重重癱坐在椅子裡。

「……好的。」

審判長怯怯地往前探出身子。

「……關於最後結論，有一件事我得先告訴各位，否則總覺得不太公平，說來好像在潑各位冷水真的很抱歉，不過……」

「啊？」一號問道：「到底怎麼了？」

「如果在這裡做出無罪的決議，那麼就會成為地方法院的決定，對被告做出無罪判決，屆時各位的職責也就結束了。」

所有裁判員都同聲叫著：「什麼！」

我暗自一驚。審判長說得沒錯。這一連串脫離常軌的發展，讓我都忘了這個簡單的原則。

「怎麼可以這樣……」一號說道。

「你的意思是說，當御子柴早紀站上法庭時，已經跟我們完全無關了？」二號緊追不捨地問。

「沒有錯。」

「哎呀哎呀，這真是……但如果被告無罪，為了保護小早，我們也不能放著不管不是嗎？再說，這麼一來小早會成為被告、開庭審理對吧？我們既然是裁判員，應該可以優先被通知去旁聽相關的審理吧？」

「就是啊。」四號也緊接著說：「畢竟是跟自己有關的審判，當然會很關心啊。」

「不，法院並沒有通知各位相關審理的制度。」

「這什麼意思啊！」五號說。

「所以我說當官的總是看不起人！」六號火冒三丈。

「就算御子柴早紀真的涉及犯罪，也會另案審理她的罪刑，到時候會另外選出其他六位裁判員。」

審判長說得一點都沒錯。現在要是不說分明，到時候搞不清楚狀況的他們之後一定會來法院鬧事，最好現在就讓他們弄懂，讓他們拋棄那連愚蠢都稱不上的妄想。

宛如感染熱病的評議室，熱潮這才終於退去，看來所有裁判員都恢復冷靜了。我們三個人對看了一眼，終於深深吐出一口氣。

「我說各位……」

一號靜靜將身體往前傾。

「機緣巧合在這裡相識的我們六個人，碰巧因為對相同偶像的愛而有了連結。但下次的六個人呢？會挑選出熟知御子柴早紀、對她有感情的人嗎？」

「不，裁判員只能依據審判中提出的資訊來判斷。」

二號的聲音打斷了我的反駁。

「那可不一定！」

「對，我們才不會輕易放手呢！」三號說得氣勢洶洶。

五號則怯生生地問：
「那，如果我們做出有罪判決呢？」
「啊？」四號反問。
「不是啊，現在審判中出現的證據，都對被告相當不利不是嗎？他也做出了自白。這場評議一開始也是以有罪為前提，從討論該如何量刑開始的。」
「的確……」
「而且，假如做出有罪判決還有一個意義，如果目前為止我們累積的發現，包括手燈、死前訊息、收據灰燼、不在場證明、痠痛貼布、〈Over the Rainbow〉……這一切的一切都是真實的推理，那就表示被告是自願頂罪、讓御子柴早紀免除罪行的。」
「所以說，這會成為被告期望的結果！」
六號打個了響指。
「被害人竟然是御子柴早紀的跟蹤狂，還對御子柴早紀有勒索行為。這麼說來，被害人根本死不足惜。」
六號的話雖然有些偏激，但其他裁判員並沒有表示異議。
「既然評議的過程不會對外公開。」四號深深地點頭，彷彿在確認這個事實：
「那麼外界也不會知道我們發現的真相……」

「對，我們完成了推理之後，又放棄了所有推理。」

「等、等一下。」我急忙開口：「所謂審判，並不是要做出當事者期望的判決。終究還是得做出符合真實的——」

「有罪！」

「沒錯，應該判有罪！」

「WURYAOI！」

「WURYAOI！」

六名裁判員再次響起歡聲。

「哎呀哎呀，但是這樣真的好嗎？」三號彷彿回過神來，有點為難地說：「枉費大家那麼認真在推理……」

「三號小姐不是也說過，您把御子柴早紀當成自己女兒看待嗎？」二號微笑地說：「其實我們也一樣。有一次在演唱會的MC時，她們對成團後一直支持或許兩年或許三年的我們說：『我們一起走過這麼長的時間，已經算是家人了。』只不過是短短兩三年，除了打Call、送點心、生誕祭的禮物外無以回報的我們，在她們眼裡卻是家人呢。」

聽了二號百感交集的這番話，一號和六號都深深點頭，五號也說：「我覺得這樣很棒。以前我們的『現場』也是這樣的，對吧？」他將話題丟給四號。
「……就是啊。」四號的眼神彷彿在遙望遠方。
「四號小姐您也覺得有罪嗎？這麼一來就再也不能追究御子柴早紀的罪，也永遠無法知道早紀是因為什麼被勒索的了……」
「……這樣也無所謂啦。」四號笑了：「人也真是現實，剛剛那股熱度現在都冷卻下來了。然後我也回想起來了。我喜歡那丫頭的笑臉和歌舞，其實我才是她最無可救藥的粉絲。」
看來所有裁判員都被她這番話所觸動。他們應該也都各自有想支持御子柴早紀的理由吧。
四號像是想安撫其他裁判員般地笑了，然後繼續說道：「我以後還想看御子柴早紀上台表演呢。當然只能判有罪嘍。就靠我們的有罪判決，讓那個被告成為了不起的男子漢吧。」
這股狂熱再次推動了左陪席。
「沒有錯——」
左陪席的表情好像又被某種東西給附身。
「哈哈哈哈，沒錯。你們這些外行人再怎麼掙扎也沒有用。我們在最後一刻還是準備了煞車機制。」

左陪席就像電影裡的反派一樣，攤開雙手高聲笑了起來。

「哈哈哈哈，你們聽好了。如同我們一開始的說明，結果採多數決。而在多數派當中，至少得包含一名職業法官……」

身處於這陣瘋狂騷動中，我的腦袋好像也變得遲鈍。在他說出這些話之前，我壓根忘了還有這條規則。明明審判長一開始就提醒過啊。

「……那麼，我們開始表決吧。」

審判長凝重地說。

「有罪。」「有罪吧。」「嗯、嗯，當然有罪。」「我覺得有罪。」「那就有罪吧。」「絕對是有罪。」六名裁判員紛紛說出決定。

「哈哈哈，我就知道。我投無罪、無罪、無罪！雖然不太願意採納你們的推理，可是這種非法的行為怎麼能眼睜睜放過！」

「……無罪。」我也說。

審判長威嚴凜然地開口。

「有罪。」

「……你說什麼？」

左陪席停下了動作。我忽然覺得喉嚨乾渴，從椅子上站了起來，對著他喊：「審判長！」

審判長長嘆了一口氣，深深坐進椅背裡。他仰望著天，好像放棄了什麼般地閉上眼睛，然後又說了一次：「有罪。」

六名裁判員發出勝利的歡聲。

二號和六號向一號提議接下來去卡拉OK練習打Call的聲音；還是大學生的五號也興沖沖表示要參加；聽到大家說很想聽聽她歌聲覺得很麻煩的四號；夾雜在他們之中一臉幸福在整理餐具的三號。雖然還得完成量刑判斷，但他們已經進入了慶祝氣氛。

我腦袋不斷升溫，好像正在看著某種相當脫離現實的光景。

「為什麼……怎麼會這樣，審判長，你到底為什麼……」

「抱歉。」審判長摀著眼：「真的很抱歉。」

我回想著這一路以來的討論過程。在偶像現場甚至可能有比一號或二號更年長的浪漫銀髮紳士，他們多次提到，把偶像當成家人一樣重視、偶像就像自己女兒一樣。

審判長妻子過世之後，沒有孩子的他一直過著獨居生活。

審判長無力地坐在椅子裡，他的筆記本從衣服口袋滑落在地，剛好翻開筆記本的最後一頁。裡面夾著留有御子柴早紀和審判長笑臉的，一張Cheki。

【參考文獻】

《十二怒漢》（*12 Angry Men*）（薛尼·盧梅（Sidney Lumet）導演，美國電影）

瑞吉諾·羅斯《十二怒漢》

筒井康隆〈十二個愉快的男人〉（收錄於《筒井康隆全集19》，小說）新潮社

筒井康隆〈十二個愉快的男人〉（收錄於《筒井康隆劇場12個愉快的男人》，劇作）新潮文庫

《十二個溫柔的男人》（中原俊導演，日本電影）

《如月疑雲》（佐藤祐市導演，日本電影）

裁判員制度研究會編《簡明裁判員Q&A》法學書院

三島聰編《裁判員審判之評議設計　以活用市民智慧的審判為目標》日本評論社

濱田邦夫、小池振一郎、牧野茂編著《裁判員審判的現在——市民參加型裁判員制度7年驗證——》成文堂

小島和宏《我就中年偶像宅，不行嗎！》WANI BOOKS

被竊聽的命案

「華生，往後如果你發現我對自己的能力太過自信，怠於查案，請在我耳邊輕輕說出『諾伯里』這幾個字。」

柯南．道爾〈黃色臉孔〉（*The Adventure of the Yellow Face*）

6 現在

「兇手就是**你！**」

我，山口美美香現在相當得意。

因為我今天終於能負責最後的「解決篇」。

兇手的呼吸紊亂，吐出的氣息都在顫抖。

「妳說我是兇手？啊？這栽贓也太荒唐了吧……」

但他刻意不在話語中表現出自己的慌張。

「山口，妳就快告訴他吧。」

在大野所長的鼓勵之下，我充滿自信地開口。

我和偵探事務所的所長大野糺兩人，為了調查外遇案件一起來到位於深山中的旅館，在這裡被捲入一樁命案。

而我們現在正在逼問兇手。

我平靜地繼續說明。

兇手從哪裡潛入旅館，經由什麼路徑來到被害人房間，在哪裡失誤，又為了掩飾這個失誤做出什麼行動，當時腦中在盤算什麼……

兇手起初顯然沒把我放在眼裡，但隨著我的說明，他臉色漸漸鐵青，呼吸也變得粗喘，最後還用看著怪物般的眼神看著我。

「是我！」兇手大叫：「是我殺的！」

兇手頹然倒地，不甘願地搖著頭。

「喂……我能問一個問題嗎？我錯在哪裡？妳說妳叫山口美美香是吧？妳為什麼這麼清楚我做了什麼？」

兇手用求助般的眼神看著我。

「很簡單啊。」

我用食指咚咚敲了敲自己側頭部兩次。

「因為我這裡的構造不一樣……」

「喂，山口。」

把兇手交給警察、回到旅館房間後，大野叫住我。

「怎麼，所長？終於要稱讚我的精采表現了嗎？」

「嗯，破案這件事本身確實做得很好。」

我故意裝作沒聽到「本身」這兩個字，故意鬧他：「是吧是吧，快點再多誇我兩句。」

「但是山口，妳最後那句招牌台詞，差不多該換了吧。」

「為什麼？」

「因為這樣容易產生誤解！」

大野大聲怒吼，我忍不住摀住耳朵。

「妳做出那個動作搭配『這裡的構造不一樣』這句話，大家聽了都會以為妳在說自己『腦袋結構不同』吧？所以兇手覺得妳的意思是『因為我腦袋靈光、是你太笨』。」

「……原來會這樣想啊？」

「妳該不會沒發現吧？今天兇手氣到要上前揪住妳時，妳也沒察覺到嗎？」

大野又逼問我。

我試著安撫他。

「那我問你，這時候該怎麼說好？」

「照實說啊，比方說動作可以改成這樣。」

說著，大野用力拉了拉自己的耳垂。

「這麼一來對方就知道是妳耳朵好，也不會產生誤會。」

「……那什麼動作啊，一點也不可愛。」

「我說妳啊——」

大野嘆了口氣。

沒錯。之所以能夠精準描述兇手的犯行經過，讓兇手聞之色變，都要歸功於我的耳朵。

住在旅館的夜晚輾轉難眠，睡得昏昏沉沉之際，聽到有人走在旅館裡的腳步聲。畢竟不是槍聲或慘叫等明顯的聲響，我也沒注意到這聲音會跟犯罪有關，但發現屍體後，我把聽到腳步聲的事告訴大野，才想到那可能就是兇手發出的聲音。

我只是回憶那些聲音，追溯案發經過而已。

兇手一定沒想到那天晚上的聲音會被聽到吧，因為那聲音真的極其微小。我房間在二樓，大野跟被害人的房間在一樓，但是大野卻沒注意到那些聲音。

我從二樓可以聽到一樓發出的些微聲響——我的耳朵就是這麼靈光。所以以前念高中、大學的時候，大家才都叫我「順風耳美美香」。

「……這次算我跟山口組成搭檔後經手的第五個案子，還有很多能改進的空間。分析過妳聽到的聲音後，我們得以清晰地掌握兇手的行動。」

「是啊，把每個嫌犯的腳步聲跟我那天晚上聽到的腳步聲比對，就知道誰是兇手了。」

「光是腳步聲其實也有特徵吧。比方說重心擺放方式、走路的節奏……」

「發出腳步聲的人物明顯在護著右腳，特別好懂。應該是扭傷了腳吧？」

「雖然已經不是第一次，但妳的耳朵真的太靈敏了。」

「……不過如果沒有大野所長的推理，也想不出這些行動的意義。比方說兇手在被害人房間裡推翻桌子的理由。」

「能知道他推翻桌子，也都要歸功妳這對能掌握聲音細微特徵的耳朵。我們還去了被害人房間，搬動各種東西確認聲響呢。」

「最後還是所長發現附著在桌子背面的線索。想到這裡我就不甘心，為什麼我就沒發現呢……」

「這剛好證明耳朵靈敏的山口收集線索、由我來推理這種分工運作得很好啊。」

「話是沒錯啦……」

我生來就有一對靈敏的耳朵。第一次告訴別人這件事是大學二年級的時候，我把這件事告訴當時參加的戲劇社學長大野。

因為那時的緣分，大學畢業後我進了他開的偵探事務所。這間事務所包含我和所長在內只有三個人，規模小巧，但我很喜歡現在的環境（另一個人留守公司）。

「對我來說現在這種方式比較放心。」

大野咧嘴一笑。

「但是我也想試著推理啊——」

「你還記得泰迪熊嗎？」

我停了下來。

「……你說這個太詐了吧。」

大野聳聳肩。

「啊，不過剛剛那樣很像夏洛克・福爾摩斯呢。」

「什麼意思？」

「在福爾摩斯的短篇裡有這麼一段，講的是他的失敗經驗。最後福爾摩斯對華生說，假如以後發現自己太過自信，就請他對自己說出跟這個失敗經驗相關的地名，當作一個警惕。」

「這樣說來妳不就成了福爾摩斯？」大野偏著頭：「我覺得推理能力比較強的應該是我吧？」

「但所長如果沒有我的耳朵也沒辦法解謎吧？」

兩人嘴裡各自嘟囔，瞪視著彼此。

我們兩人建立起像現在這樣的合作關係，起因於一年前冬天發生的某個案子。那時我跟大野第一次合作。

也就是與泰迪熊有關的那個案件。

直到現在，為了警惕我，那隻泰迪熊還放在公司的辦公桌上。

1 一年前

「竊聽器？」

我跟大野在偵探事務所裡隔著桌面對坐。大野身邊站著年輕的調查員深澤。我們事務所所有成員都到齊，氣氛顯得有點凝重。

擦得非常乾淨的桃花心木桌上，整齊擺放著國崎千春的外遇調查資料。大野的辦公室總是相當整潔。

「對了，山口應該還沒看過這些吧。」大野從抽屜裡拿出一個黑色小機器，大小跟食指指尖差不多。

「這是什麼？」

「高性能竊聽器，靠電池驅動，可以撐十天。」

「聲音也錄得挺清楚的。」深澤繼續說明：「這次的調查對象國崎千春很喜歡小東西，我們打算把竊聽器裝在泰迪熊裡，偽裝成玩具廠商的贈品放到她身邊。實際上進入國崎家的『孩子』已經不在這裡，這是一模一樣的產品。」

深澤把那約莫十公分左右的小泰迪熊放在桌上。我試著拿起來，毛茸茸的觸感還挺舒服的，還有一對可愛的圓眼睛，但是稱呼泰迪熊為「孩子」的深澤讓我覺得心機有點重。

「放進去之後要漂亮地縫合很困難，所以我們買了很多個一樣的產品，挑選比較成功的放到現場使用。真是費了一番功夫呢。」

「我們把竊聽器放在頭部。這地方布料稍微硬一點，比較不容易發現對吧？」

我用力壓了壓泰迪熊頭部。的確，不太容易發現裡面有沒有塞東西。

「但就算是為了調查，這麼做算不算侵犯隱私啊……？」

「偵探這一行多多少少會侵犯到隱私的。」

大野說來一點也不覺得有什麼不對，我嘆了口氣。

「這次的調查……我記得是外遇調查吧？」

「沒錯。三星期前，先生國崎昭彥委託了我們。他說自己出差回來後發現太太平常不喝的紙盒裝日本酒打開了。唉，這種事也很常見啦。」

「怎麼這麼說呢，深澤。我們可是靠這些婚姻生活煩惱吃飯的啊。」

深澤聽了大野這些下流話臉上一陣苦笑。

「所以呢？結果怎麼樣？」

「賓果！國崎千春確實有外遇對象。」

大野把幾張照片放在桌上。看起來應該是偷拍的，一個長相媲美女明星的女人，跟一個曬得微微黝黑、肌肉結實的男人正在激情擁抱。還有一張照片捕捉到他們接吻的瞬間。

「這男人名叫黑田佑士，是她健身房的教練。國崎千春每週星期二和星期四都會上他的私人課程。丈夫在公司開會較晚回家的星期四，還會把對方帶回家。」

「這些都是從竊聽器裡知道的？」

「對。另外，這竊聽器還暴露了另一個事實。」

大野唱作俱佳地解釋起來。

「原來，丈夫國崎昭彥竟然也跟公司的年輕女性有染！對方的名字是間宮亞紀。竊聽器錄到了昭彥在家中接聽她電話的經過。」

「從竊聽器留下的對話很清楚可以聽出這對夫婦之間有嚴重的裂痕，幾乎已經難以彌補。這兩人都像戴著面具一樣，說起話來冰冷冷的一點感情都沒有。但是丈夫跟情人說話時聲音頓時變得甜膩無比，跟對太太說話時簡直判若兩人，那麼明顯的差異讓人聽了真是不舒服。」

「聽起來昭彥和間宮亞紀是『以結婚為前提』在交往。昭彥為了跟千春離婚，想掌握住對方出軌的證據，這可以讓他在離婚調停時立於優勢。」

「總覺得……」我把心裡那股鬱悶化為言語：「我們好像被利用了，我知道這畢竟是生意啦，最後還是得把夫人的事告訴委託人。」

「那當然啊，我們又不是為了正義而工作，這都是生意。」

大野說得很冷靜。

「既然如此，只要把調查結果告訴委託人、拿到報酬，這個案子就算結束了不是嗎？為什麼所長還要特地叫我來？」

聽到我這句話大野挑了挑眉，但他沒搭理我，直接切入正題。

「因為這次的委託沒那麼簡單。一個星期前，國崎千春被發現陳屍在家中客廳。」

我不禁屏住呼吸。

「而竊聽器裡，也錄下了命案的經過。」

深澤說還要調查其他案子，離開了事務所。

「……這下我終於知道所長為什麼要叫我來了。」

「什麼意思。」

「別裝傻了。你是想要我聽竊聽器裡的聲音對吧？命案現場的聲音……」

大野嘿嘿一笑：「答得好。」

只有大野知道我耳朵的狀況，這件事我沒對其他任何人說過。等深澤離開後，我也終於能提起耳朵的話題。

「先跟妳說說這個案子的大概吧。」

大野乾咳了一聲，我重新在椅子上端正坐好。

「一星期前的星期四晚上八點，國崎昭彥回家時發現千春趴著倒在客廳，後頭部有一處挫傷、額頭有一處撕裂傷。地板上有血跡飛散，周圍還有打鬥痕跡。掉在屍體旁邊的高爾夫球桿應該是兇器。千春房間裡的寶石首飾被偷，所以警方正以強盜殺人的方向在偵辦。」

「那竊聽器在哪裡？」

「命案現場的客廳，整隻泰迪熊都被踩扁了。可能打鬥時兇手或者千春踩到的吧。警方當然從泰迪熊的殘骸回收了竊聽器。昭彥坦承自己雇用了偵探在調查，警方也知道我們跟竊聽器的關聯。」

「該不會所長就是因為這件事昨天一整天都沒來吧？」

「正確來說，應該是來不了。警方把我當成重要證人，徹底審問了一番。」

一想像到在偵訊室老老實實畏畏縮縮的大野，我就忍不住想笑。大野不悅地瞪著我。

「總之呢，竊聽器被當成物證扣押了。警察檢查了所有音檔，發現了殺人時的紀錄，我也想讓妳聽聽看。這是唯一能找出殺人犯的線索。」

「我有兩個問題、或者說不明白的地方，可以問嗎？」

大野攤開雙手，裝模作樣地要我繼續說。

「第一，警察既然扣押了竊聽器，那我要怎麼聽錄音內容？」

「竊聽器透過網路跟事務所的電腦相連，音檔都逐一保存了下來。我們的電腦也被扣押，不過我事先在USB記憶卡裡存了複本。」

行事果然考慮周到。

「第二個問題呢？」

「既然是調查外遇的案件，照理來說我們應該不需要追查殺人犯。在我看來所長似乎對破這個案子太過熱心了點……」

「那當然啦。」大野忿忿噴著氣：「因為警方差點懷疑到我身上！他們覺得我是個在國崎家裝了竊聽器、還在附近不斷打探的詭異私家偵探。事關我的尊嚴，不讓兇手受到報應我不甘心！」

我按著額頭。

沒錯，我想起來了，所長就是這種人。

「我之所以能洗刷嫌疑，都是因為有不在場證明。根據竊聽器內建的時鐘，案發的時間是十六點十三分。那個時候我剛好跟妳一起為了調查另一件失蹤案四處尋訪。假如沒有這個不在場證明，現在我可能已經被拘留了。一想到這裡我就滿肚子火。」

「但是……」

我實在提不起興致。殺人瞬間的聲音……想必一定是血淋淋赤裸裸的殘酷聲響吧。光是想像，那種不安就已經讓我胃開始絞痛。

「而且……」

這時大野接著說。

「我覺得這是個好機會。進公司以來，這是第一個能直接發揮妳聽力的案子。不要緊，這次我也在，不會讓妳犯下一樣的失敗。」

大野說得興致勃勃。我覺得有點窒息，想起了我向大野坦白自己聽力的那個夜晚。

＊

這件事起因於戲劇社內的派系鬥爭。河野和西田兩個女社員互相對立，各自擁有自己的親衛隊，爭奪文化祭的主角。

這時河野在西田的寶特瓶裡加了瀉藥。

之所以發現這件事，也是歸功於我的耳朵。水的聲音因比重不同而改變、接近後台休息室的詭異腳步聲、腳步聲主人耳邊「叮鈴、叮鈴」的些微聲響……我猜應該是耳環。河野很喜歡戴耳環。

所以我把河野跟西田的寶特瓶對調。都是河野自作自受，受點教訓剛好。我原本是這麼想的。

當天晚上，大野學長單獨約我去居酒屋喝酒。

我跟他關係並沒有特別好，聽到他邀我喝酒時我有點困惑，不過當大野從包裡取出寶特瓶時，我知道自己一定瞬間面無血色。

——不是、不是我……

我正要開始找藉口，大野噗哧一笑。

——我知道。我只是想告訴妳，裝了瀉藥的寶特瓶被我回收了。畢竟，這次真正下手的並不是河野。

他冷不防冒出這句話讓我很驚訝。

大野說，他目擊到我換寶特瓶的那一幕，也注意到這兩個人的對立，同時，他還靠推理知道這寶特瓶裡裝了瀉藥，以及我以為是河野下的手這件事。他先找出了真兇，然後邀我來喝酒。

我錯了。自以為讓對方嘗到自作自受的苦果去調換寶特瓶，現在忽然覺得這行為丟臉極了。

——對不起，我……我不應該這樣對河野的……

我發現自己太相信自己的耳朵。

——所以我回收了寶特瓶，避免河野喝下瀉藥。但妳為什麼知道是誰加了瀉藥？

於是我開始向大野坦白。

過去我甚至不敢向父母親或學校老師坦白。因為我從小就發現其他人似乎不像我能聽得那麼清楚。

但不知為什麼，我可以對眼前這個男人說出真相。

耳朵好，也不知道算不算一種特殊能力。我本來以為他會嘲笑我只是在幻想，但大野顯得很感興趣，追問了不少細節。如果是這種情況會怎麼樣？那如果是這種聲音呢？他很明顯地表現出好奇，也相信我所說的話。從提問的方式，也可以感覺到他全盤相信的誠懇。所以我也願意相信大野。

——其實我大學畢業後想自己開一間偵探事務所。

大野像個小孩子般，彎起嘴笑。

——如果用妳的能力搭配我的推理能力，一定能夠進展得更順利。怎麼樣？要不要來我這裡？

沒錯，那天晚上大野不斷對我灌迷湯、邀約我到他身邊。但是跟男女情事一點關係也沒有。他只是單純地用赤子般的眼光，對我的耳朵展現出極高興趣。

對了，根據他的說法，當時的真兇跟河野借了耳環，說是要用來當戲裡的小道具。「河野應該萬萬沒想到，會因為耳環的聲音被冤枉吧。」說著，大野格格地笑了。

真是諷刺。我竟然因為聽得太清楚，而沒能識破真相。

*

但是……

「拜託妳了山口，幫幫我吧！我一定要給那些警察好看！」

現在我眼前的大野氣到緊握拳頭不住顫抖。

——沒想到他是這種人。

我長嘆了一口氣。

對了，記得那天晚上去喝酒的錢也是我墊的，三千兩百圓。大野明明酒量不好卻很愛喝，比我還先喝醉，我只好連他的份也付了。

又想起這個不好的回憶。

……不過，或許這確實是個測試自己能力的好機會。進偵探事務所上班之後，幾乎沒有能運用我聽力的案件。我擅長文書工作，目前已經很受器重了，但我一直在期待能發揮自己長處的機會。

好！我向自己喊話。

「總之我先聽聽看，其他的等聽完再說。」

大野滿意地笑著，開始操作電腦。電腦突然傳出尖銳的嬌喘聲和彈簧吱嘎聲。

「所長……這種東西請你自己回家聽！」

與其說害羞，我更覺得真是受不了這個人。剛剛那股緊張感頓時煙消雲散，變得滑稽無比。

「不、不是啦！這也是竊聽到的聲音，國崎千春跟黑田正在客廳沙發上幹好事——」

……我到底，為什麼會跟著這種人工作！

「知道了啦。」我不留情地打斷他：「快點給我殺人時的音檔！」

我戴上連接電腦的耳機。這個耳機隔音性高，我很喜歡。看我做好準備後大野點點頭，開始操作滑鼠。

首先是開門的聲音。

聽到了腳步聲。啪噠、啪噠、啪噠，聲音很輕，每一步踏下的節奏中間都有些間隔。

從輕巧的聲音判斷，不像是穿了襪子，也不是赤腳。節奏如何呢？好像有所警戒？處於緊張的狀態嗎？

腳步聲漸漸變大。

「呦，怎麼了？」

女人聽起來很快活。嬌媚的聲音緊緊纏裹在人身上。

腳步聲停了下來。

「等等——」

就在女人說完這句話的下個瞬間，一陣激烈聲響。砰！腳碰到東西的聲音，呀！女人尖銳的叫聲，啪！東西倒下的聲音。接著是較低沉的一聲「咚！」，重物撞擊的聲音。接連聽到女人悶沉的呻吟。

就是這個瞬間。我突然覺得不太對勁。

唧——……

（咦……）

這令人不舒服的不協和音讓我忍不住拿下耳機。

（到底是什麼東西的聲音？）

我開始頭痛，額頭滲出冷汗。

聲音結束後我也終於冷靜下來，但心臟還噗通噗通跳個不停。

不協和音結束了，但其他的聲響還在繼續。

持續了一陣子無聲的狀態，讓我覺得有點發毛。

又聽到了腳步聲。咚、咚，沉重的聲音呈現固定的音量和節奏。粗喘的呼吸聲，吐出長長一口氣。

接著又是一陣激烈扭打聲，還有腳步聲、玻璃碎裂的聲音，啪！有東西傾倒的聲音。

然後就在耳朵附近聽到某種爆裂聲。

大概是整隻泰迪熊撞到了什麼東西吧？可能是掉到地上。因為我聽見的腳步聲變得更近了。又明顯又激烈的腳步聲，讓我感覺到一股急迫。

最後結束得很唐突。

悶聲一擊。硬物跟硬物相互碰撞的聲音。

我忍不住皺起眉頭。

接著是東西碎裂般啪！地一聲。

音檔就在這裡結束。

打破這凝重沉默的是大野。

「覺得怎麼樣？」

「……感覺吸了一堆毒氣，人的惡意好像從耳朵竄遍我全身。聽到兇手粗聲喘氣時我可以感受到對方的亢奮，忍不住發抖。後半段女人沒有出聲，可能也是因為太過害怕……」

這是一個女人被殺的瞬間。不難想像到那會是什麼光景。

「妳慢慢來。」

大野體貼地說。我點點頭，先深呼吸了一下。

「……有聽到什麼線索嗎？」

「沒有實際看過現場的客廳，很多地方都還很難說。

首先讓我覺得好奇的是腳步聲。雖然說殺人前可能處於緊張的狀態，但還是可以聽出節奏和走路方法的特徵。國崎家是木地板嗎？」

「嗯？」大野眨了眨眼：「啊，對，我去談案子時看過，是木地板沒錯。」

「那兇手很可能穿著拖鞋吧。腳步聲聽起來啪噠、啪噠，聲音很輕。如果是拖鞋底部跟木地板接觸的聲音，那就很合理。」
大野瞪大了眼睛。
「太厲害了。其實證物中確實扣押了沾有血跡的拖鞋。」
真相確實如同自己的想像，這讓我由衷覺得開心。
「再來是音檔的後半，聽起來像在扭打的那個部分。可以聽到有東西倒下，還有玻璃碎裂的聲音，這個也得實際上看過客廳才知道。如果東西是掉在木地板上，那應該是個木製的東西，但光靠聲音無法判斷是椅子或是掛衣架……」
「嗯，這個從現場照片應該可以看出來。玻璃破掉的聲音應該是玻璃杯從客廳桌上掉落下來，或者是櫥櫃玻璃門被打破的時候。木製東西倒下的聲音可能是橫倒的椅子。當然，妳如果再聽仔細一點可能會有其他的解釋……」
大野露出有點愧疚的表情。
「不好意思啊。」
「啊？」
「妳剛聽聲音的時候臉色很難看，一直緊皺著眉頭。抱歉讓妳聽這種不舒服的東西。」

我在內心苦笑，原來我剛剛臉色那麼差。

「喔……不是啦。聲音當然可怕，但不只這樣。其中有一個地方出現了不協和音。」

「不協和音？」

大野一臉茫然。

「對，中途出現聽起來很不舒服的聲音……聽得我都頭痛了……」

「這麼嚴重？妳能再聽一遍嗎？」

其實我不是很想，但還是不情願地點點頭。大野把耳機線從電腦拔掉，調高電腦音量。

「我從頭再播一次。聽到不協和音的地方妳舉起手，結束的時候再把手放下。」

好像聽力檢查一樣。

大野按下播放鍵。兇手的腳步聲、國崎千春的聲音、爭執聲、令人窒息的沉默，然後……

——來了。

我舉起手，忍了好一陣子，等聲音結束才放下手。

「……我什麼都沒聽到。」

「怎麼可能？這麼明顯的聲音……」

「只有妳聽得見、我聽不見。我想這或許有兩種可能。

第一種，就算我跟妳都聽到相同的兩個聲音，在我耳裡跟妳耳裡可能不會是一樣的聲音。也就是說，我可能感覺不出那是不協和音。之前連續劇古畑任三郎有一集叫做『絕對音感殺人事件』。兇手是市村正親，那一集看得我很火大。到最後是因為擁有絕對音感的兇手他的感受問題，這樣觀眾根本不可能知道謎底啊！」

「那個……你為什麼突然聊起連續劇？」

「總之，我要說的是，兩種聲音搭配起來會不會成為不協和音，這只有妳本人才有辦法確認。

但是如果再考慮另一種可能，方向就會清晰一點了。第二種可能是指妳聽到不協和音的那些地方，我的耳朵根本就聽不到。」

大野摸著下巴。

「山口的耳朵很好，可以聽到極其細微的聲音。在這個時間發出的微小聲音，只有妳的耳朵才捕捉得到。」

「原來如此……也就是說類似低語聲、遠方衣物摩擦的聲音、機械發動的聲音、房子外面的聲響等等，這種非常細微的聲音對嗎？」

「沒錯。妳說有兩種聲音疊合，一個應該是在不協和音開始之前就存在的聲音。兩個聲音重疊的狀態如果用層次來比喻，一直存在的聲音就像是墊在底下的基礎——也就是『基底音』，之後出現導致不協和音的『另一個聲音』。」

大野眼睛看著電腦。

「妳舉手到放下這當中的時間是十四秒。所以說發出『另一個聲音』的時間就是這十四秒。」

「那個『基底音』，如果拉回到不協和音開始之前，我應該能聽出來吧。」

大野聽了點點頭。他把游標拉到不協和音開始的五秒前，也就是持續著詭異沉默的那段時間。我再次接上耳機，屏息專心靜聽。

幾秒後，開始聽見不協和音的那個瞬間，大野停止播放。

「聽到什麼了？」

我閉上眼睛。

「……想抑制卻無法抑制的粗聲呼吸。兩種不斷發出的唧唧聲，聲音有大有小，我想應該是時鐘或手錶的秒針。窗外有烏鴉低沉的叫聲。閣樓輕微的腳步聲，聲音那麼輕，應該是老鼠吧？還有一個很不明顯的……很單調……固定頻率的……機械聲……」

「妳耳朵真是好得嚇人耶。」大野嘆了口氣：「一直不斷處理這麼大量的資訊，不累嗎？」

「想專心聽的時候當然會仔細聽出區分，但平常多半無意識地聽過就算了。」

原來如此，大野撫著下巴說。

「時鐘秒針和機械聲……可疑的大概就是這兩者之一吧，因為兩種都是會不斷發出的聲音，很可能是『基底音』。妳能聽出具體是哪種機器嗎？」

「時鐘的聲音特徵很明顯，因為節奏和間隔固定。雖然有大小之分，但聲音都是一定的，可以判斷是鐘錶。

但機械就另當別論了。雖然可以聽到不斷排出空氣的聲音，光靠這樣不可能特定出機械種類。可能是電腦，也可能是空調，或者是桌上型遊戲機，都會發出類似的聲音。也有可能是電風扇。總之，因為可能的候補太多，很難鎖定。假如能拿到他們家的家電清單，還能拿到相同機種來做實驗的話……」

大野大嘆了口氣。我胃附近緊緊一揪。

「妳這能力限制還真多呢。這樣看來，最後都還是得憑藉經驗。假如真的想查出那不協和音的真相，就得查出國崎家所有家電跟型號來做實驗是嗎？這樣我們要花的經費可就大大超過報酬了。虧妳剛剛還說很在意不協和音，結果這資訊一點用也沒有嘛。」

「……你這人怎麼這樣講話。」

我對自己的能力本來就說不上有絕對的自信，現在被他說成這樣就更沮喪了。

「也罷，我的存在就是為了幫妳彌補這些限制。」

大野咧嘴笑了起來。

「有個能大幅降低經費的方法，想知道嗎？」

我直覺這應該是一種測試，緊張了起來。我看著大野的眼睛。他清澈的眼睛盯著我，嘴角浮現溫柔的笑。

我冷靜下來之後，腦中輕易地浮現出答案。

「……去國崎家嗎？」

「妳懂嘛。」

大野輕拍了一下手。我覺得有點被人看笑話的感覺，不太高興。

「但、但是這怎麼可能呢，我們又不是警察！哪有進入現場的權限……」

「權限啊……那不然來個強闖民宅？」

「不可能！」

看到我這麼認真的樣子，大野格格笑了起來。

「抱歉抱歉，逗妳玩的啦。總之，只要我們能想個進國崎家的藉口就行了。」

大野站起來，從文件櫃裡拿出一份檔案。

「其實我還沒跟客戶做結案報告。案子發生後，實在找不到好時機說這些。現在事發都兩個星期了，也不是重提故人外遇的適當時期，不過……」

大野繼續往下說。

「這次拜訪就是關鍵。等我們被帶到命案現場的客廳，妳就聽聽當場的聲音、觀察房間裡的東西……假如我們被帶到客廳以外，例如待客室之類的地方，那更是好機會。趁我說明案子的期間，妳就隨便找個上廁所之類的藉口離開座位，去調查命案發生的客廳。能打開電源的就打開，實際聽聽聲音。妳的耳朵就是揭開這個謎的唯一關鍵。」

這責任也未免太重大了。我感到一股沉重壓力，好像吞下什麼沉重的東西到胃裡。
「但、但是，這不協和音真有那麼重要嗎？」
「十四秒。在這段期間讓某個東西啟動、又關掉的可能是兇手，也有可能是自行發出的聲音。這或許是兇手的計畫，也可能是影響兇手的意外……無論如何，我們都有可能由此獲得找出真兇的有利資訊。目前兇手幾乎沒有留下什麼重要線索。頂多只能從國崎千春親暱的招呼判斷是她認識的人。不協和音這條線索雖然細小，但還是有追查的價值。」
「可是……」
「如果我剛剛說話讓妳不舒服的話我向妳道歉。說了那麼多，其實我還是很看重妳能力的。」
我很猶豫。光是想到要踏足命案現場，就讓我卻步。
「那就決定明天去。妳行吧？」
他這不由分說的口氣，我也只能順勢點點頭。
「可是我看中的是妳的耳朵。妳只需要把在現場發現的事實帶回事務所，千萬不要在現場隨便開口。妳的能力還不完全，太輕率了。」

這句話燃起了我的鬥志。

他又重提我大學時的失敗。當時我的推理確實錯了。但是在那之後又經過幾年，我已經不會再犯一樣的失敗。

……一定要讓你刮目相看！

「遵命。」我微笑著說：「我很期待，所長。」

2

國崎家位於閑靜的住宅區。一直感覺到路人的視線，或許是因為他家剛發生過命案吧。例如現在，一位冬裝打扮的婦人就在窸窣低語，對站在國崎家門前的我們投以炙熱的視線。

看看身邊，美美香整個人僵硬又緊張。

我忍不住想笑，但還是板起臉孔，維持住身為上司的威嚴。

「山口，記得，依照我們事先說好的行動喔。」

「好。」

她來我偵探事務所上班大約半年，之前曾經跟我一起外出查案，但這還是她第一次走進案發現場。

按下門鈴。過了三十秒左右，我正想再按一次時，傳來一個陰鬱的聲音。

「……誰？」

「國崎先生？不好意思，我是大野偵探事務所的人。」

「偵探？……喔喔！知道了知道了。我現在就開門。」

玄關門很快就打開。事件餘波未了，有人在家門前自稱偵探，他大概也會顧忌外人的眼光吧。

主人國崎昭彥走出來，身上穿著有領襯衫和牛仔褲，鬍子刮得很乾淨，左手戴著銀色手錶。

「您該不會正要外出吧？」

聽我這麼問，他無力地笑著說：「也沒有。您是要談之前我委託的案子吧？請進來吧。」玄關地墊上擺了兩雙有毛底的拖鞋，他自己則只穿了襪子走在走廊上。

「家裡應該有女人在。」

美美香在我身邊小聲地說。

「是嗎？」

「門鈴響了之後我聽到兩種慌張的腳步聲。應該是為了把玄關的鞋藏起來吧。你看。」

沒等我制止，她就打開了鞋櫃門，發現一雙高跟鞋。看起來確實比擺在下層那些女鞋尺寸更小。下層應該是國崎千春的鞋。

「還有，剛剛門的另一端有三次咻咻咻使用噴霧的聲音，我猜應該是除臭劑。一定是為了除去女人香水味才噴的。」

「妳這個人……」

美美香穿上拖鞋，走在木地板上，又繼續說。

「還有，我確定這就是兇手當時穿的拖鞋。也就是說——」

我打斷她，用食指敲敲自己的側頭部兩次。

「真的只有這裡是一流的。」

我說完後，她鼓起臉頰不高興地安靜了下來。我故意模仿她平時的習慣，確實有幾分壞心眼。

「聽好了，記得依照我們事前說好的，妳一定要好好觀察現場的一切。今天的主角是妳。我可是抱著很大期待。」

我刻意在這裡停頓，再次強調。

「可是千萬千萬不要開口說出妳發現的事，等回事務所之後再跟我報告。」

「……我剛不是很小心沒讓國崎先生聽到了嗎？」

「聽懂了嗎？」

「懂。」

很好。

老實是她的優點。

我和美美香先到和室的佛壇上了香。遺照裡的國崎千春臉上掛著溫柔的笑。

「在這裡也不是辦法，我們換個地方吧。」

說著，他領我們來到待客室。國崎準備了茶水，跟我們在沙發對坐，我先表達了哀悼之意。

「這次發生這種事實在是……」

我一開口，國崎便惶恐地低下頭。

「您一定大受打擊吧。」

「嗯，是啊……我太太過世已經過了兩星期。喪禮只通知了家人簡單辦完，這才終於能喘一口氣。」

過世之後，喔？我內心輕哼了一聲。應該說，被殺之後吧。

手機鈴聲響起。國崎取出智慧型手機看了一下畫面：「抱歉，失陪一下。」然後站起身來。

「是，我是國崎……啊，對，這次的事真不好意思……是啊，現在稍微穩定一點了……什麼？傳真嗎？沒有，好像沒有收到……對，號碼沒有錯……不好意思麻煩您了……」

國崎結束通話又回到座位上：「公司好像傳了社團活動的傳單過來。唉，連同事都刻意費心了。」他臉上浮現出親切和善的笑。

「對了，您今天是來報告我委託的案子吧？」

「對……假如您已經不想聽，我也不勉強。」

「不不不。」國崎搖搖頭：「您都辛苦調查了，還是請告訴我吧。」

他垂下眼繼續說道：

「她走了之後我才發現，我對她一無所知。所以希望盡量多知道一點她的事……」

這喪偶失落丈夫的角色也演得太好了。明明自己也有個外遇對象，現在應該正在考慮再婚時機吧。

我想起佛壇上那張照片。跟那麼美的人結婚卻還不知足，這男人實在是身在福中不知福。

「但可能不是太好的內容。」

「就算這樣也是個好機會，讓我反省自己是不是哪裡有問題。」

「好的。山口。」

「是。」

美美香在我身邊打開公事包。裡面有這次調查的結果報告書，還有偷拍的照片等。

「這是這次的報告書。」

國崎沒有伸手去拿我遞出的文件，他面容嚴肅地說：

「大野先生，請先直接告訴我。我太太她……」

我表情苦澀地點點頭。

「確實有交往對象。」

國崎臉上的沉痛又更加重了幾分，但似乎嘴角也些微地往上彎了彎。看來一切都如他所料。

「那麼對方是誰呢？」

國崎催促我往下說。假如不表現出難以接受這個事實的演技，就難以騙過警察吧。我從山口遞出的文件中找到黑田的照片，出示在他面前。

「是夫人常去的健身房教練，她好像買了他的私人課程。」

國崎的臉部扭曲。

「所以她最近才那麼少買衣服啊。」

「畢竟個人課費用不低呢。」

「照片看起來是在我家門前拍的，這個男人也來過我家？」

「星期四的課從下午兩點起大約一個半小時，之後就會到府上來。」

「星期四我晚上有會議，會晚回家。原來是趁這個時間啊……」

他顯得不太高興。

「可能是這個男人殺了千春的。」

「啊！？」

我露出第一次聽見這種想法的表情。

「不是嗎？他帶著隨隨便便的心情跟我太太交往，之後可能開始厭煩她。屋裡看來有強盜，只是他的偽裝吧。」

他粗聲這麼說。

「嗯……這也很難說呢。」

嘴上雖然這麼說，但我當然也想過這種可能。可是國崎也有為了跟外遇對象結婚而殺妻的動機，他的情人亞紀也可能因為國崎遲遲不跟太太離婚，忍無可忍動手殺人。站在我的立場，國崎、亞紀、黑田可以說一樣可疑。當然，我並沒有輕率到直接告訴對方「我在懷疑你」。

這時美美香磕磕碰碰地發出一堆聲音起身。

「那個……」

「怎麼了嗎？」

聽國崎這麼問，她顯得有些僵硬，過了一會兒才怯生生地開口。

「方便……借一下洗手間嗎？」

我擺出譴責冒失新人、向對方道歉的上司臉孔。

一切都沒問題。一如事前套好的方式。

「喔，沒問題啊。出了這間房間左手邊盡頭就是。」

「好，不好意思啊……」

美美香慌慌張張離開待客室。她確實關上待客室的門後，好像還在門外停留了一下。我聽到慢慢轉動門把的聲音。

「對了……」

國崎開口，再次喚回我嘴邊的業務用笑容。

「是，請說。」

「我原本請您進行兩星期的調查，現在因為這種狀況。那費用方面……有沒有可能便宜一點呢？」

竟然要在這裡殺價？我暗自苦笑。為了和未來新娘的前途，想盡量撙節開支是嗎？不過話說回來，這倒可以幫我多爭取一點時間。

如同剛剛在玄關所說，今天的主角是美美香。

好。在她偵查結束之前，我也要盡自己所能。

那就是讓眼前這個男人認為，最好乖乖繳付原本談定的費用。

3

我走出國崎家的待客室。

慢慢轉動門把。唧——門把發出相當有特色的金屬聲響。我把這聲音好好記了下來。假如等等聽到旋轉門把的聲音，我就要趕緊回到待客室前。

輕輕關上門，深吐了一口氣。我太過緊張無法好好思考。一心只想著，萬一露出馬腳該怎麼辦。

不能這樣！

我回想起被大野一激之下發憤時的心情。

對面那扇門裡，可以聽到小小的腳步聲。我不禁僵住身體，我想門對面那個人應該也是一樣的狀況。是國崎的情人間宮亞紀。我想起在玄關鞋櫃裡發現的那雙高跟鞋。

「為什麼偏偏在這時候來……」

極小聲的嘟囔。

她應該是躲進了某個地方，可以聽到關門的聲音。她也跟我一樣，不想被發現吧。

我聽見她的腳步聲。但是只有幾步，還無法跟竊聽音檔中的聲音比對。

——妳這能力限制還真多。

真是！

我搖搖頭，甩掉在我腦中囉嗦個不停的大野。

躡手躡腳地尋找客廳。

發現客廳後，我坐上沙發，想讓自己心情平靜一點。彈簧大概很老舊，已經沒什麼彈性。屁股下硬硬的觸感讓我覺得有點痛。但這股痛覺卻喚醒了我。我環視客廳裡擺放的物件。

不協和音的來源，答案一定就在這裡。

我念大學時的確太過相信自己的能力。大野指出這一點，還替我掩飾了錯誤，我非常感謝他。

但是現在，我一心只想讓他另眼相看。

可別一直小看我。

我這就好好露兩手給你瞧瞧。

4

回事務所的路上，美美香一臉憔悴，完全沒開口。

大概是第一次的經驗讓她筋疲力盡了吧。我抑制住想刨根挖底問個究竟的衝動，配合腳步沉重的她走著。

「——所以呢？」

等她坐在事務所的沙發上，我也在對面坐下。

「情況怎麼樣？」

「不知道。」她搖搖頭：「我什麼都搞不懂。」

我忍不住要望天。是我給她太大壓力了嗎？

「我依照所長說的拍了照片，用手機靜音模式拍的。」

「謝謝，檔案先給我吧。」

這是發給她的工作用智慧型手機，裡面沒有美美香的個人資訊。她順從地交出手機。

我看了幾張照片，大致知道客廳的狀況。這間客廳與餐廳相連，從廚房也可以一眼望過來，空間相當寬敞。有用餐專用的餐桌，跟休息用的沙發和按摩椅。

……那男人住得還挺不錯的嘛。

門鈴監控螢幕旁邊的小桌上放著室內電話跟傳真機。大型液晶電視機下是放置桌上型遊戲機和錄影機的電視櫃，牆邊的櫥櫃裡整齊擺著絨毛玩具類。有貓、狗、熊、海豚、獅子……那隻泰迪熊也曾經在那裡面吧。

「總之，先說說妳的觀察吧。慢慢來不要緊。很冷吧？我去泡紅茶。」

我從茶水間端出準備好的紅茶，她往裡面丟了三顆方糖後才喝。可能是甜的東西下肚腦子才開始運轉，她漸漸開了口。

「我先試著找那個『基底音』。有什麼可能是這個『基底音』。第一，我先猜測是房間裡的機械類。空調、按摩椅、大型液晶電視機、門鈴、市內電話、傳真機、桌上型遊戲機……

我想起房裡放了泰迪熊，以櫥櫃位置為起點。竊聽器能錄進去、我能聽得到的細微聲音，大約是距離竊聽器麥克風半徑十公尺以內所發出的聲音。這是預設透過竊聽器後聲音精度會下降做出的估算。」

「了不起，我連兩公尺外的都聽不見吧。」

聽我這樣開玩笑，她才終於淺淺一笑。

「我把竊聽的音檔下載到我自己的iPod裡，用耳機一邊聽、一邊打開各種電子機器的電源做了比較。」

她閉上眼睛。應該是正在回想當時自己的行動吧。

「首先可以先刪除電視機和按摩椅。電視機的液晶畫面幾乎不會發出聲音，轉到沒有播放節目的頻道時，會有很不可思議的微小聲音，就像是光線發出的聲音一樣，那是映像管電視機特有的聲音。按摩椅也是，雖然有馬達聲和滾輪聲，可是這些聲音會因為按摩位置的改變而異，並不是固定不變的聲音。

我又聽了一次竊聽音檔，還是覺得那應該是機械吐出空氣的聲音。比方說我們緊咬著牙，想從喉嚨深處吐氣時，氣息接觸到牙齒時會稍微搖動不是嗎？『基底音』就有這種搖動的感覺。我也打開遊戲機和空調進行比較，但是都還是不太一樣。」

「哪裡不一樣？」

「該怎麼說呢……遊戲機和冬天的空調，吐出的空氣都很熱。溫熱空氣跟冷空氣的體積和密度不同。穿過齒縫時的……阻力是嗎？會有微妙的不同。我覺得那聲音比起遊戲機或者空調，穿過縫隙時好像更滑順。」

好像、好像。她不斷揣測又揣測，試圖摸索該如何掌握自己的感覺。當她努力想將這些感覺化為言語時，表示還有想讓我理解的念頭。

老實說，我雖然跟不上她纖細的感覺，但我知道她走在正確的方向上。要如何找出佐證之後再想辦法就行。現在我只想把一切交託給她的感覺，盡量多找出一點線索。

「我又從頭聽了一次音檔，只把意識集中在『基底音』上。這時，我發現聽到千春聲音之前的『基底音』裡，還混了其他的聲音。」

「澎」的聲音。

「澎？」

從這聲音，我想像到的是水聲。空氣進入水中，泡泡浮上水面時的聲音。水裡……

「加濕器嗎？」

「沒錯。我在櫥櫃裡發現了一個小型加濕器。只有電視機後面空出來的插座，我好不容易把身體擠進隙縫插上插頭。電源線很短，得把加濕器放在電視機電源線附近讓我有點擔心，不過我還是加了水，打開電源……」

「結果中大獎了，對吧？」

她點點頭。

「接著要找的就是『另一個聲音』——那個只持續十四秒的聲音。可是我完全沒有頭緒。大野所長完全沒聽到任何聲音，表示這個『聲音』可能是必須非常專注才能聽到的微小聲音。『基底音』還有機械式聲音這條線索，而這『十四秒』卻沒有任何能特定類別的材料。」

「也不是完全沒有，只要想像發出聲音的具體狀況就行了。發出聲音、聲音消失。這種現象的意義有四種可能。」

我拉過一張白紙，拿筆寫下。

一、由兇手發出聲音，由兇手關掉聲音。

二、自行發出的聲音，由兇手關掉聲音。

三、由兇手發出聲音，自然消失。

四、自行發出的聲音，自然消失。

「那個……」美美香臉上寫著困惑：「你寫這些像拼圖一樣的東西，我看不太懂。」

「這是指發出聲音跟聲音消失的時間點。這兩個時間點根據是否出於人為意圖來分類。意圖、意圖。自然、意圖。意圖、自然。自然、自然。就邏輯上來看只會有這四種可能。」

「喔。」

美美香回答得很敷衍。看來她還沒聽懂我的意思。

「首先來想想第一個可能，『由兇手發出聲音，由兇手關掉聲音。』這個很容易想像，比方說不小心在案發現場留下物證，急忙用吸塵器處理掉之類的。」

「喔，原來如此。我有一點懂你的意思了。

但不可能是吸塵器。因為所長什麼都沒聽到，所以不會是發出噪音的機器。」

「嗯。十四秒的時間不長，除了吸塵器以外有點難想像其他具體的可能。

接著是第二種可能『自行發出的聲音，由兇手關掉聲音』，這很符合十四秒這個時間長度。兇手聽到這個突如其來的聲音覺得驚訝，慌忙消除掉，例如新型電視機的預約播放功能如何？可以在指定時間自動打開電視機的電源，觀看想看的節目。」

「在客廳正要動手殺人時，電視機突然打開所以受到驚嚇，花了十四秒尋找電視機的遙控器是嗎？很有可能，不過……」
她搖搖頭。
「不、還是不可能。我也試著打開了電視機電源，電視機的聲音跟加濕器聲音搭起來並不會形成不協和音。」
「還有，竊聽器內建的時鐘顯示，開始不協和音的時間是十六點十三分。電視節目不可能在這種不上不下的時間開始。」
美美香呆呆看著連珠炮似的我。
「第二種可能還有例如門鈴突然響起，可是如果兇手根本沒聽到聲音，就不會想要消除聲音。假如是由兇手消除聲音，前提是兇手能聽到那個聲音。換句話說，兇手必須是個耳朵聽力跟妳一樣好的人才行。所以我覺得可以先排除第二個可能。」
「所長，你平常就老愛鑽牛角尖想這麼細嗎？」
「我現在是在彌補妳這種不方便的能力耶，不感謝我就算了，怎麼還一臉不以為然的樣子？」
美美香聽了又老大不高興地鼓起臉頰。
「第三種，『由兇手發出聲音，自然消失』這就很有意思了。也就是在兇手的殺人計畫中，發出聲音具有某種意義。比方說兇手透過手機打電話給別人之類的。我的耳朵很有可能聽不見手機不明顯的呼叫聲。可能因為電話沒打通，或者對方沒接所以聲音中斷。這樣推想還滿合理的。」

「也有可能是某種具備計時功能的東西。例如廚房計時器，開始發出聲響後十幾秒就會自動停止，還有音樂盒也是。首先得要有人去轉動發條，可是轉到頭聲音就會自然停下來。」

「廚房計時器和音樂盒聲音都太大了，應該是其他東西吧，但很有可能是計時式的東西。可是出於什麼樣的意圖才得在殺人現場設置計時器呢？」

「……殺人裝置？」

我忍不住瞪了美美香一眼。她侷促地垂下眼。

「姑且保留第三種可能，先想想第四種吧。自行發出的聲音，自然消失。接續第三，因為聲音實在太微小所以我聽不見，這個事實是一致的。」

「……但是這個可能涵蓋的範圍未免也太廣了吧？」

「沒有錯，其中完全沒有兇手的意圖等一切限制。所以兇手就算完全沒發現到聲音也可以成立。說得極端一點，山口聽到的也可能是窗外的鳥叫聲或者天花板的老鼠腳步聲。」

「那這不就無法成為特定兇手的線索了？」

「是啊。」

我交抱起雙臂，低聲沉吟。

「看來只能再想想第三種類型的其他可能狀況了。不、我們換個角度吧。那個聲音有沒有其他讓妳在意的地方？」

「其他……」

「妳能不能再試著用自己的表現方式，從頭開始回想一次那個聲音？」

「好……」她閉上眼睛：「……我先聽到開門的聲音。

接著是腳步聲。愈來愈大的腳步聲。跟我們穿上客用拖鞋走路時很像的聲音。

『呦，怎麼了？』這是女人的聲音，應該是千春的聲音，腳步聲在這時停下來。

『等等——』千春的聲音有些慌張，腳在木地板上粗暴踩踏的聲音，應該是在扭打。撞到牆壁的聲音，還有千春的呻吟。

這時出現了那個不協和音。」

「好，這個我們之後再研究。妳先繼續說下去。」

「好……然後又聽到腳步聲。咚、咚，有固定的大小——」

「妳說什麼？」

我忍不住拉高了聲音。

她睜開眼睛。我這才發現剛剛一時衝動叫得太大聲，覺得有點難為情。

「啊，抱歉抱歉。不過妳前面說什麼？」

「我說固定大小的腳步聲……」

「那確實是客用拖鞋？」

「嗯，是啊。聽起來有毛底承重的感覺。我今天也實際穿了那雙拖鞋走過，不會有錯。」

「妳剛剛說『固定』，這一點也確定？」

「嗯，大小跟節奏都很固定……」

「妳還記得剛剛怎麼形容一開始聽到的腳步聲嗎？」

「啊？記得……我剛剛說客用拖鞋的腳步聲漸漸變大……」

我不由得乾嚥了一口口水。

這下我都懂了。該問什麼問題、該如何驗證……接下來我該怎麼做，我都知道了。

「山口。」
「是……」
她怯怯地說。
「妳在客廳調查時，是不是坐在沙發上？」
「啊？嗯，對啊，因為我想坐下來仔細聽聽聲音……」
「妳坐下了？」
「是啊。」
「當時有發現什麼事嗎？有沒有覺得那張沙發哪裡奇怪？」
「沙發嗎？」她偏著頭：「喔，你這麼一說，我坐下的時候覺得屁股很痛。沙發表皮都已經變形，彈簧好像也壞了，聲音聽起來很鈍……」
「太棒了，妳實在太棒了！」
我站起身，披上外套。
「等等，所長！你要去哪？」
轉回頭，美美香已經站起來、半身向前探，一臉呆滯。
「我馬上回來，去買點東西。」

「等一下啊，不是要查不協和音的真相嗎？」
她慌張的樣子實在太好笑，我心情大好，回答她：
「很快就告訴妳。」

5

大野離開後，我一個人茫然留在事務所。
去國崎家後回事務所是上午的事，現在已經下午七點多了。要是沒有待處理的文書工作，我早就回家了。
這人怎麼一聲不吭就丟下我走了呢？總覺得他沒把我放在眼裡。
緊接著，胸口猛然感到一股不安。
該不會我又錯了？我又誤用了自己的能力？所以他才會對我失望，把我一個人留在這裡？
就在這時候，事務所的門開了。
「我回來了～」

尾音拖得老長。轉頭一看，是調查員深澤。

「回來啦。你那邊的調查結束了嗎？」

「是啊，大野先生拜託我幫忙調查你們現在這個案子耶。」

「喔，是嗎？」

大野在的時候深澤講話比較客氣，但是大概因為跟我只差兩歲的關係吧，跟我講話時他口氣都比較隨便。

「對啊，我本來在調查新的外遇案件，大野先生忽然打我手機。要我去找黑田跟間宮這兩個嫌犯……他真的很會壓榨員工耶。」

「就是啊。」我笑了：「我要泡咖啡，你喝嗎？」

「好啊，我要。謝謝。」

我泡了兩杯咖啡，兩人在會客區的沙發面對面坐下。

「結果呢？你問到了什麼？」

「喔，嗯。我依照大野先生的指示問了他們問題。黑田那邊我假裝要參觀健身房，間宮那裡我假裝是上門推銷的業務。」

依照指示？大野剛剛好像想到了什麼離開事務所。在這個時間點做出指示，一定有什麼重要含義。

但他為什麼不交代我呢？大概是考慮到我現場經驗還不夠吧。

「那你都問了些什麼？」

「我先問了黑田他案發當天的不在場證明，還有學生時代做過哪些運動。」

「運動？這跟案子有什麼關係？」

「我也不懂。」深澤聳聳肩：「黑田這個人說起話來雖然挺開朗的，但有點粗魯，也有點煩人。千春小姐也真是的，那種人到底哪裡好？」

深澤忿忿地說。

「他是個很自戀的人，會自己主動打開話匣子。大學時好像參加過野外活動社團，一直聽他說那些光榮史真是受不了。

我假裝閒聊，問了他案發當天的不在場證明。結果黑田說他當天身體不舒服、沒上班，現在警方覺得他嫌疑很重。」

「喔。那你又問了間宮什麼？」

「我假裝要上門推銷，大野先生指示我要給她看那隻泰迪熊。她本來一口回絕說不需要，我好不容易才說服，她終於讓我進了門時真是鬆了一口氣呢。」

「間宮是個什麼樣的人啊？」

我只隔著門聽過她的聲音。

「嗯……她很漂亮，也很清楚什麼是自己的武器。跟我說話的時候不斷輪流交叉那雙長腿。」

深澤搖搖頭。

「……不過她卻沒什麼特別反應。我把泰迪熊混在其他東西裡給她看時，她神情一亮，說著『哇，好可愛！』完全沒有慌張或者遲疑的樣子。」

「但也可能是演出來的啊？」

「如果是演的，那她真是個好演員。」

聽深澤這麼說明，我還是不懂大野讓他問這些的意圖。可是在這個時間點要他去問話，一定有什麼意義。

摸不透大野的意圖讓我很不甘心。

深澤交抱著雙臂，偏著頭。

「……那所長跟妳呢？查得怎麼樣？」

我實在無法把疑問繼續留在自己心裡，決定也問問他的意見。

「你覺得，如果確實在走路，但腳步聲聽起來卻是固定的……這有什麼可能呢？」

「啊？」

他一臉莫名其妙。

「怎麼……怎麼突然問我這個？」

「喔，所長要我聽那個案子的竊聽音檔。」

「喔喔，原來妳在說這件事啊。」

「對啊。所長被警察懷疑，超氣的。」

「哈哈哈，看來妳也真辛苦。」

深澤拿著杯子站起來：「我再倒一杯咖啡好了。」說著，他走向我身後的廚房。

「就是啊，然後我聽到那個音檔中間左右的時候。」

耳朵的事我沒告訴過深澤，所以刻意不提不協和音的事。

「腳步聲聽起來很一致……大小或節奏都沒有變化。你覺得這是為什麼啊？我覺得——」

這時候，我聽到似曾相識的腳步聲。

一種帶著決心踏下步伐時，帶著緊張感的腳步聲。

唧、唧。手錶秒針的聲音。

我最近在哪裡聽過這些聲音。尤其是腳步聲。聲音雖然不一樣，但節奏還有呼吸很像。

我忽然往前一倒。

「嗚！」

我的肩膀用力撞上桌子，感到一陣痛，抬起頭，粗聲喘著氣的深澤正手持鐵棒站在我面前。

「……美美香，妳感覺還滿敏銳的嘛。」

「深、深澤？」

「是啊，我還以為沒有人會發現呢。啊，剛剛這些話，妳應該還沒有告訴其他人吧，美美香？」

我當然已經告訴所長，但此時的我已經慌張到連答話都答不了。

「有什麼辦法呢？誰叫那個女人明明已經有我，又要劈腿那個肌肉男。所長要我去調查時，本來只是以為對方老公跟那女人同姓，沒想到跟蹤之後嚇了我一大跳……她都已經結婚了，外遇對象還要再劈腿。調查過程中我一直滿腔怒火，但我也有我的專業，還是忍了下來……」

深澤空揮了兩下鐵棒。

「但我還是無法原諒她……所以我去找她，想跟她談談。結果我們爭執了起來，我用力把她推開，她頭撞到床邊的床頭櫃，一動也不動，我嚇了一跳……本來沒打算殺她的……」

「深、深澤，你到底在說什麼……」

他愣了片刻，那張幾乎稚氣未脫的臉到這個節骨眼看來還有幾分可愛，這更讓人覺得可恨。那張臉開始扭曲，他高聲笑了起來。

「咦……？妳都提到腳步聲了，該不會什麼都沒發現吧？如果真是這樣，那妳真是打草驚蛇了呢……」

我身體不由自主顫抖了起來。從來沒有直接面對過這麼赤裸裸的惡意。腿一軟，我根本沒辦法站好。無法對抗也無法逃脫。一張熟悉的臉因為憤怒和哄笑而扭曲的樣子讓我很害怕。面對這股在我眼前揮動著武器、想解決掉我的惡意，我卻只感到深沉的無力。

「不要……別過來。」

我搖著頭。深澤的臉笑得更加扭曲。

「救命啊——」

我閉上眼睛時，聽到了一個聲音。

「真的很遺憾，深澤。」

就算閉著眼睛我也馬上就知道這是誰。這是我熟悉的聲音。是那個總是愛罵我、重要的事從不肯告訴我，活得自由無羈的前輩的聲音。我知道他嘆了口氣，也知道他心裡的緊張已經緩解。

「沒想到竟然得用這種方式跟你說再見。」

睜開眼，憤怒的大野抓住了深澤高揮的鐵棒。大野身後有兩位身穿制服的警官正在待命。是大野叫來的吧。

深澤全身無力，就這樣虛脫癱倒在地。

把深澤交給刑警，過了好一陣子我才平靜下來。大野什麼也沒說，只是一直陪在身邊等我平靜下來。

「大野所長。」

「怎麼了？」

他的聲音格外地溫柔。

「所以……你剛剛為什麼突然離開事務所？」

「喔，妳說這個啊。」

他站起來，走出玄關。過了一會兒後抱著一個大箱子回來。

「我先去找當初偵訊我的刑警提供情報，然後去買了這個。在一間中古家電行買到的市內電話。」

「為什麼要買這個？」

「這跟國崎家那台複合機是一樣的型號。多虧妳拍了照，我才能找到一樣的東西。」

「你為什麼要買這個？」

「為了做實驗啊，我得花一點時間設定，妳先喝點熱的休息一下吧。」

說完這句話後大約三十分鐘，他一直埋頭在設定這台中古傳真機。剛剛的意外我還餘悸猶存，並不覺得等待的時間漫長。

「好，完成了。山口，妳打開iPod那個音檔試試，調到只能聽到加濕器聲音那邊。」

我已經沒有力氣提問，乖乖照他的話做，開始播放。一想到這是深澤的腳步聲，就不由得感到一股寒意。

「就像我們之前討論過的，這聲音只有四種解釋：一、由兇手發出聲音，由兇手關掉聲音；二、自行發出的聲音，由兇手關掉聲音；三、由兇手發出聲音，自然消失；還有四、自行發出的聲音，自然消失。妳說最後這個可能包含的範圍太大，不過其實這才是正確答案，聲音跟兇手無關，自然地響起、自然地消失。但之後兇手發現了曾經有這個聲音，這聲音果然是一條重大的線索。」

大野說的這段話裡充滿了謎。

這時我的耳朵突然聽到一陣強烈的不協和音。

（這是……）

頭痛和噁心的感覺襲來。我彎身蹲了下去。

「快關掉聲音。」

我聽到他尖銳的叫喚，好不容易按下iPod的停止鍵。加濕器的聲音消失後，最後只剩下傳真機滋、滋、滋吐出紙張的聲音。

「抱歉，用妳的身體來實驗。妳聽到的不協和音，就是這個傳真機和加濕器互相干擾發出的聲音。」

我傻傻張著嘴，大野站起來對我微笑。

「我依照順序來說明為什麼我發現深澤是兇手吧。首先是關於我們一直糾結的不協和音。假如像妳剛剛聽到的，是傳真機跟加濕器混在一起的聲音，那麼就會產生一個矛盾。我並沒有聽見傳真機的聲音。」

「啊……」

沒有錯。如同我剛剛自己親耳聽到的傳真機聲音，這是較老舊的機型，所以聲音比較大。從複合機跟泰迪熊的位置關係來看，這距離應該充分能錄下它的聲音。

「但我只能相信妳的耳朵。所以我設想了只有妳聽得見傳真機聲音、但我聽不見的狀況。」

「那是什麼狀況——？」

「也就是說，傳真機的聲音相當微弱。假如傳真機的聲音隔著門，那麼我應該無法注意到那微弱的聲音。在房間裡發出聲音的加濕器也是，假如我不仔細聽應該也不會注意到。這種狀況下，聽力一般的我並不會察覺到聲音，但是在妳耳裡就會出現不協和音。我想應該是這種狀況？」

「話是沒錯，但是所長，竊聽器放在客廳裡，電話機也是。這種狀況下怎麼可能沒錄到傳真機的聲音呢？」

大野笑著點點頭。

「那就表示我們的前提錯了。如果竊聽器放在客廳，就不會出現我們聽到的錄音檔案。但是事實上我們確實聽到了這樣的錄音。因此，竊聽器其實並不在客廳。」

「啊？」

大野大概覺得我的反應很有趣，好像很開心。

「記得那個記錄國崎千春和黑田親熱的音檔吧？妳不是也聽了一下？」

我知道自己頓時滿臉發燙：「那又怎麼了？」回答的口氣也不太高興。

「當時竊聽器的音檔裡聽到了彈簧聲，但是妳去現場時，發現客廳沙發的彈簧早就壞了。竊聽器錄到的聲音跟妳實際坐下時的聲音也不一樣吧？這麼一來，聲音是在哪裡錄下的呢？」

「這……」

仔細想想確實沒有錯。難怪所長當時要問我沙發的事。

「加濕器的電源線很短，得放在靠近電話機或電視機電源線旁邊才行。要在這種地方放附有水槽的加濕器實在不太適合。那麼不如轉念想想，加濕器可能並不是放在客廳使用的。」

「該不會是千春的臥室？」

臥室裡有床。這麼一來就可以解釋沙發的矛盾。

「沒錯。這台加濕器是小型款式。千春應該會隨處移動，在想用的地方使用。人在客廳的時候擺在客廳、想在房間用時就放回房間。妳去調查時放在客廳，是因為千春死後昭彥整理過的關係。剛剛我已經跟刑警確認過，事件發生後到現場勘驗時，加濕器確實在千春的房間。」

「所長認為命案現場是千春的房間，加濕器放在這裡使用，客廳傳真機的聲音也是在臥室錄到的，聲音才會微弱到你聽不見？」

「嗯，正確答案。」

「但這樣不是很奇怪嗎？竊聽的音檔最後有打鬥聲，還有玻璃碎裂的聲音跟椅子翻倒的聲音。那些都跟發現屍體時客廳的狀況一致啊？」

大野臉上浮現得意的笑容點點頭。

「有一條重要的線索，就是關於不協和音之後到打鬥聲音前，那個固定的腳步聲。」

「喔喔，就是所長一直很執著的那一點。」

「竊聽器聽到的腳步聲通常只有兩種。」

「兩種……」

「對。給妳個提示，因為竊聽器通常會放在固定位置。」

我馬上靈光乍現。

「接近的腳步聲跟遠離的腳步聲！」

「沒錯。接近的腳步聲會愈來愈大，遠離的腳步聲會愈來愈小。錄音機器位置固定，當然會導出這樣的結果。」

「所以說，如果腳步聲一定……」

「沒錯，就表示竊聽器跟腳之間一直維持著一定的距離。可能在原地踏步，或者拿著竊聽器走動。但是我們從不協和音相關的疑問已經知道，竊聽器被人從命案現場的千春房間，移動到之後被發現的客廳。所以可以剔除原地踏步這個可能。」

大野繼續往下說：

「竊聽器裝在泰迪熊裡。也就是說，兇手在命案現場拿起泰迪熊移動了。在殺人的過程中，為什麼要特地拿泰迪熊呢？

答案只有一個，兇手想移動的是竊聽器。為了偽裝案發現場，他必須要移動竊聽器。那些打鬥聲音都是他的自導自演。

所以說，兇手事先已經知道泰迪熊裡裝了竊聽器。而知道這件事的，只有裝竊聽器的偵探事務所成員。首先可以排除對竊聽器這件事一無所知的妳。接著，如同警察的確認，當時我正在調查另一個案子，已經有不在場證明，因此兇手只可能是裝設竊聽器的當事人——也就是深澤調查員。」

「根據竊聽器裡留下的聲音，大概可以這樣回溯他的犯行。」

不待我心中的衝擊冷卻，大野就繼續往下解說。

「首先要確認千春確實把泰迪熊拿到她自己房間裡去。泰迪熊本來可能放在客廳，因為很喜歡所以想拿到自己房間去吧。我確認過刑警的說法跟錄音檔案，千春移動泰迪熊時也留下了『固定的腳步聲』，剛好在案發的前一天。」

看來是為了確認這件事花了一點時間，兇手才有機會襲擊我。想想真是可恨。

「他發現千春腳踏兩條船，假如再加上她先生其實是三條船，愈想愈生氣。能夠走進房間但千春只回了一句『呦，怎麼了？』，可見得他們關係匪淺。

看到深澤的樣子不對勁，千春也站起身來應戰，兩人一陣扭打。接著深澤用力推倒千春，她的頭撞到床邊的床頭櫃而死亡。就是竊聽器裡那個撞到牆壁般的聲音。

深澤當時一定很慌。因為裝了竊聽器的泰迪熊被拿到千春房間裡了。之後那段無聲的狀態，應該是他正屏息在思考該怎麼處理眼前的狀況。」

「然後這時出現了那個不協和音。」

「對。千春房間裡的加濕器和客廳的傳真機聲音互相干擾。我們去國崎家的時候他在電話上也說過，同事好像傳了社團活動的通知過來，這件事我們待會再提。

回到慌張的深澤身上，他這時已經決定好之後的行事方針、開始展開行動。他將客廳偽裝成命案現場。這是為了隱藏兇手是能夠進入千春房間、關係親密的人這個事實。假如命案現場在臥室，那麼偵辦方向一定會關注千春的男性交友關係。案發當天是黑田上班的日子，深澤很擔心對方會有不在場證明。幸好頭撞到床頭櫃而死的千春身上只有挫傷，沒有太多出血。

於是他把泰迪熊拿到客廳，開始上演打鬥的獨角戲。打破玻璃、推翻椅子，記錄下這些聲音。最後他還製造泰迪熊掉落在地，不小心被兇手踩壞的情境，破壞了竊聽器。」

「為什麼要破壞竊聽器？」

「為了不讓竊聽器繼續記錄之後的聲音，例如他把千春屍體從房間搬到客廳、用高爾夫球桿毆打千春頭蓋骨偽裝成死因這些聲音。千春頭上的傷有生活反應，所以她撞到床頭櫃時可能只是昏厥過去而已。」

我不禁嘆了一口氣。

「可是，如果像所長所說的這樣，那麼逮捕兇手的證據又是什麼呢？」

「喔喔，證據就留在現場的垃圾筒裡，就是那些撕破的傳真紙。」

「傳真紙……」

「今天我們去拜訪的時候，打電話給國崎的同事應該傳了傳真給他，但他好像沒發現。你覺得是為什麼？」

「因為對方其實沒有傳？」

大野無奈地嘆了口氣。

「證明音檔裡確實留有微弱傳真機聲音的不是妳自己嗎？」

「啊，也對。所以傳真確實傳過來了，但是並沒有留下來，這麼說……是被兇手處理掉了？」

「沒錯。深澤完成犯案現場的偽裝之後，看到電話機想必一臉鐵青。因為傳真紙上會保留收送資料的時刻，他應該知道那是幾分鐘前傳進來的。所以他乾脆消掉接收和傳送的履歷，也不得不處理掉傳真機收到的紙張。」

「為什麼呢？」

「因為他要讓人覺得竊聽器一直放在客廳啊。」

啊！我輕叫了一聲。

「如果一直放在客廳，那沒錄到傳真機聲音就太奇怪了！」

「就是這樣。沒聽到理應聽到的聲音，那他偽裝客廳為犯案現場這件事就會暴露。」

我什麼都沒看懂，愈想愈覺得自己實在沒用。

「我對自己的推理和妳的耳朵有九成以上的把握，我想，只要從警方扣押的垃圾筒裡發現傳真紙，就可以佐證我的假設。那些紙被撕得碎爛，已經殘破不全，但還是能清楚確認到收信時刻。現在警方應該正在千春房間裡調查，尋找血跡之類的證物吧。」

「原來如此……」

所有的謎彷彿都已經解開，但我又想到一件事。

「等、等一下！如果知道深澤調查員是兇手，為什麼今天還要他去追加調查呢？你讓他去問黑田的運動經驗，還要他給間宮看泰迪熊，這到底是……？」

「喔。」大野若無其事地說：「沒為什麼啊，我只是不想讓深澤接近事務所而已，至少在我掌握確切證據之前，希望可以避免你們兩個接觸。」

我詫異地大張著嘴。

「……如果是這樣，你直接要我快回家不就得了？」

「……啊。」

大野也大張著嘴。那臉上的表情就像在說：「不妙！」

我覺得全身無力。這狀況實在太令人無言。

我跟大野對看了一眼，大野也一臉虛脫。我猜我的表情應該也差不多吧，兩人就這樣對看了一下，也不知道是誰先起的頭，最後我們都大聲笑了起來。

「這次的案子沒辦法跟國崎先生請款了呢，畢竟是我的部下引發的案子。」

「這筆帳算起來真是吃大虧了。」

「是啊，還得開除深澤，雇用新調查員又要花一筆人事成本。真是虧大了。」

「還有三千兩百圓。」

「啊？」

大野一臉莫名其妙。我對他一笑。

「因為這次的案子我才想起來。以前我們上大學的時候，有一天我跟你坦白耳朵的事，那天只有我們兩個去喝酒。」

「是啊……說起來好懷念啊。」

「當時所長你先醉倒了，明明不會喝又愛喝，酒錢是我代墊的！」

大野笑了出來。

「啊，早知道不該讓妳想起這些的，看來我真是損失慘重啊。」

大野深深嘆了一口氣。他應該覺得很累吧。被部下背叛，而且還起因於自己接下的調查委託案。

「你如果願意還清，以後我就繼續在這裡工作。我看你這個樣子，要重振事務所應該不容易吧？我可以用我的文書處理能力和這對耳朵來助你一臂之力。怎麼樣？」

我半開玩笑地說，大野彎起嘴角笑了起來。是充滿自信的笑。

跟往常一樣，專屬學長的笑臉。

「成交。」

7 現在

「但我覺得泰迪熊那個案子所長也有該反省的地方。」

「怎麼突然說起這個。」

從深山的旅館回到東京。我跟大野一起走在回事務所的路上。呼出的氣息白茫茫一片。距離那個案子剛好過了一年。

「還不都是所長讓我想起來的！當時我說話確實有點欠考慮，因為我萬萬想不到深澤會是兇手，這一點是我思慮不周。但所長你也有疏漏吧！如果你先讓我回家，我根本就不會有被襲擊的危險啊。」

大野搔搔頭。

「……真的覺得很抱歉啦。但這件事也說過很多遍了吧——」

「不管說多少次都不夠我才會一直提啊。」我吐了吐舌頭：「我還會說一輩子，你得做好心理準備。」

打開事務所的門，新來的調查員望田迎接我們。

「啊，你們回來啦！歡迎歡迎！真不公平～就你們兩個可以去泡溫泉！」

「我們回來啦。說過好多次了，這是出公差又不是去玩。」

「不過溫泉確實是泡了啦。」

聽我補上這一句，望田又不甘地跺著腳。

我把行李放在自己桌上。當時的泰迪熊乖乖坐在我桌上。當然，案發現場那隻已經被警方扣押，這只是同款商品。整理深澤私人物品時發現這隻多出來的熊。當初一定為了練習怎麼裝竊聽器，買了很多一樣的東西吧。

望田進廚房去泡咖啡，我再次望向所長。所長已經脫下外套，回到他的老位子上。

「……但是所長，我試著換個角度想。」

大野回頭，挑了挑眉要我繼續說。

「其實我的耳朵也沒有什麼特別的。」

「現在還說這個？」

「我跟你說正經的啦。」我繼續說：「我的耳朵好，但推理能力不足。所長腦子好，但聽力普通。所以我們只是補足彼此不夠的地方而已吧。」

大野圓睜的眼睛盯著我看了一會兒。

他噗哧一笑。

「妳的耳朵只有特殊時候才有用吧？但我的腦袋卻隨時隨地都能發揮功用。這種差異還真是不公平。」

「你嘴上這樣說，其實心裡有點開心吧？你發聲之前抵到牙齒的氣息比平常更強烈，呼吸也有點紊亂。這是因為你要強忍鼻子受到的刺激、勉強自己發出聲音才會這樣的。」

所長瞪大眼睛。嘆了口氣，搖搖頭。

「妳連這個都聽得出來啊。」

「是啊。」我露出燦爛的笑臉，輕輕拉了拉我的耳垂。

「因為我這裡的構造不一樣。」

逃離第13號艙房

「無論任何事都會有原因。」福翠爾說道，一邊咬著偏硬的餐包——他認為這是英國人唯一能好好駕馭的食物。「再說，這個世界上沒有免費的東西——特別是在鐵達尼號上。」

麥斯・艾倫・柯林斯（Max Allan Collins）
《鐵達尼號命案》（*The Titanic Murders*）

0 遊戲規則說明

海斗（我）晚上10點
遊戲開始後4小時

本來應該是愉快的遊戲。

為什麼會變成這樣？

頭好重。可能撞到哪裡了。

手在身後被綁住，動彈不得。臉被類似袋子的東西蓋住，很難呼吸。再加上黑暗帶來的恐懼，我感到一股焦躁，深怕自己會就這樣死了。我覺得胃揪緊了起來。

這是哪裡？我為什麼會在這裡？

我感到些微的晃動，跟地震的搖動不太一樣。是船上。我剛剛登上的客船。雖然不知道確切位置，但這裡應該是船內某處。

忽然感到手腕傳來一股溫熱感觸。

我全身顫抖。

誰？是把我搞成這樣的人？還是有誰來救我了？

劈哩一聲後，手腕一陣刺痛，忍不住叫了一聲。雖然還痛，但手腕總算是獲得自由，可以動了。

有人來幫我。

臉上的袋子也被拿走，頓時覺得舒暢無比。我深吸了一口氣。

房間裡很亮。我頓時覺得目眩。

「還好嗎？」

我聽到了聲音。很高的聲音，分辨不出是男是女。眼睛慢慢聚焦在對方臉上。

是個少年。這張臉我有印象。

「優琉……？」

優琉是我朋友的弟弟，他正擔心地看著我。

「是你幫我解開的吧，謝謝。這裡是……？」

「好像是某間艙房……我也是剛剛才睜開眼睛，大概因為我是小孩，所以手沒被綁住，我想得先叫醒你才行。」

我站起來環顧室內。房間內有簡單的床跟書桌、小衣櫃。裝潢很簡樸，應該是比我住宿的B級艙房低一個等級的C級艙房吧。

我伸手按下出入口那扇門的門把，試著或推或拉。打不開。從房間內測試著轉動旋鈕也打不開，應該是從房外上了鎖吧。難道是堆了障礙物？

窗呢？我看了看圓形船窗。是嵌死的，窗外就是海。外面一片黑暗，眼前的海也是一片漆黑，看來應該已經入夜了。到底經過了幾個小時呢？

「我們被關起來了……」

話一出口，就覺得更加絕望。

當時我站在船內的走廊——也就是「案發現場」附近的走廊上。

我跟優琉正站著聊天，忽然有人從身後交叉固定住我的雙手，記得對方是個渾身肌肉的男人，穿著船員制服。短褲底下露出的腿毛很濃密，讓我留下很不好的印象。

我下意識知道情況應該不太妙。正想對優琉說「快逃」時，就被一個袋狀的東西蓋住頭，眼前一片黑。

之後我就不記得了。可能是被迫聞了什麼藥吧？監禁。我腦中浮現出這兩個字，身體開始顫抖。

這是怎麼回事？

我們到底處於什麼狀況？

腳邊有兩個手提式的半透明檔案包，是我跟優琉的。

上船時我們每個人都拿到了一個「謎解套組」。檔案包上寫著燦然醒目的「名偵探櫻木桂馬，逃離豪華客船！」幾個大字。

本來應該是一趟兩天一夜客船之旅，可以盡情沉浸在推理中的有趣逃脫遊戲。為什麼會變成現在這個樣子？

＊　下午5點30分

遊戲開始前30分鐘

「好大的船喔。」

我忍不住讚嘆。

港邊人很多。

海風撫過我因熱氣而滲出汗水的肌膚。包圍在海水的氣息中，情緒又更加高昂了。

九月初，季節已經入秋，但暑氣未消。白天愈來愈短，太陽正要落入水平線下。

港口停著一艘客船。客房大約百間，還稱不上是豪華遊輪。吃水線到最上層甲板高度為七公尺，船首到船尾全長五十公尺。根據網站上的資訊，我們上船的地方是第三甲板，上面依序還有第二甲板、上甲板、最上層甲板。以建築物來說大約有四層樓高。

這還是我第一次搭船，實在難以抑制亢奮的心情。

女客在舷梯處出示了邀請卡

兩天一夜遊東京灣，這可是高中生難以負擔的奢侈。

「太酷了吧，竟然租下整艘船玩逃脫遊戲。」

「不愧是名偵探櫻木系列，超像回事的。」

約莫大學生年紀的兩個男人一邊交談一邊走過我身邊。

我跟在他們身後排在乘船隊伍中。他們也出示了邀請卡，但那張卡並沒有鑲金邊。我再次看看自己手中的邀請卡。

原來我真的是所謂「特邀玩家」……

手中的邀請卡上寫著「特邀玩家　豬狩海斗先生」幾個字。

我這次參加了逃脫遊戲企劃公司「BREAK」主辦的新作試玩活動。這個企劃規模很大，還跟推理小說家綠川史郎的暢銷系列聯名，使用綠川專程為這次活動所寫的腳本。

「不過真沒想到竟然會有試玩活動。本來以為不會抽到，幸好報名了。還可以免費搭船，真是太幸運了。」

「可見得這個企劃對BREAK有多重要，遊戲的細節調整也很不容易。」

「應該有些從來沒玩過逃脫遊戲的綠川粉也會來吧。你看，比方說那個女人。」

他指向的前方，是一個身穿綠川執筆五十週年紀念時製作的粉絲T恤，包包上還別了大量櫻木徽章的女人。看來應該是個鐵粉。

「客層這麼多樣，老實說，我猜難度應該不會太高吧。」

男人抖著肩笑了起來。

參加公測的方法有兩種。一種是一般公開報名，大學生二人組就屬於這種，另一種是「特邀玩家」，這是從過去一年在BREAK主辦活動中獲得優秀成績的玩家中挑選出來的。

報到處回收我的邀請卡後，給我一個裝有解謎用套組的透明檔案包和船票，並且附帶一句：「套組裡有寫著您大名的問卷，還請協助填寫。」

走進船內，首先看到的是地上鋪的厚地毯和璨然水晶吊燈，設計得宛如一間海上的移動飯店。船員們也都走海軍風格，還穿著短褲。我感覺自己走進了一個異世界。

「這是為了這次活動所準備的服裝，還請換上。」

一個看似管家的男人遞給我焦褐色的貝雷帽和薄上衣。上衣是運動時穿的那種寬鬆號碼背心，格紋的設計挺時尚的，大概想表現出西裝背心的樣子吧。搭配上帽子，就成了名偵探櫻木的註冊商標。

「哇，這麼講究。這是要玩家變身成櫻木的意思嗎？看起來是人造纖維，價錢大概不貴，門票費用應該也包含了這些東西的成本吧。就紀念品來說做得還挺不錯的……」他戴上帽子後笑著說：「如何？很像回事吧？」

「一點也不適合你！」

另一個大學生格格笑了起來。

我看著手上的貝雷帽，一樣繡了金邊。營運方可能想一眼就分辨出一般玩家跟特邀玩家的差別。我覺得有些尷尬，把帽子拿到身後不想讓人看到。

「我們需要檢查一下您的隨身行李。應該沒有帶相機之類的東西吧？」

我打開包包，點點頭。

「請先關掉手機等設備的電源。」

等一下可能會出現什麼影像吧。總之遊戲中本來就禁止用手機查東西。這次還有試玩的意義，大概也想避免內容外洩。

「上樓之後請在A甲板的大廳集合，請在A甲板的大廳集合……」

我們在單調重複的廣播聲指引之下上了樓梯，走進大廳。

「哇……」

我忍不住出聲驚嘆。

大廳正面掛著一幅巨大螢幕，擺了幾十張桌子，上面放著開胃小點、馬卡龍等輕食跟甜點。圍坐桌邊的人年齡層很廣，有看似大學生的年輕人，也有三十多歲的男女。完全沒看到國高中年紀的人。

聚集在大廳的一部分人說起「出資」、「我們產品」等字句。他們應該不是玩家，大概是贊助商。難怪會看到壓根不像逃脫遊戲迷的紳士夫人這種年齡層，可是他們也穿戴了背心跟帽子，看起來有點滑稽，我忍不住想笑。剛剛的尷尬稍微退去，我也把帽子和背心穿上。加上這種角色扮演，更能沉浸在遊戲裡，我漸漸雀躍了起來。

「咦？」

聽到身後一聲怪叫，我下意識轉回頭。

勝琉——跟我同班的男孩。

他戴上手裡拿的貝雷帽。

閃亮的金邊刺繡。

「勝琉……你也來了啊？」

「嗯……是啊。真沒想到會在這裡遇到你，真是……」

他顯得有些難為情，避開了我的目光。

可能是沒想到會在這種地方遇到熟人，有點慌張了吧。

我跟勝琉是同班同學。之前的考試我是全學年第一名、他是第二名。這種排名從我們入學以來一直沒有變，第一次期中考被他盯上之後，他事事都想跟我較勁，不管念書、模擬考、體育課，總是愛纏著我。

我生長在極普通的家庭裡，靠著在書店打工賺的錢買推理小說、玩逃脫遊戲，是個非常平凡的高中生。而勝琉則是有錢人家的公子哥，是個從來不愁沒錢的大少爺。

老實說，我很討厭他。

但我從沒想過他會對逃脫遊戲感興趣，我們平時在教室並不會聊起彼此的喜好。

「你也打個招呼啊，這我朋友。」

他對著自己身後這麼說，口氣有點粗魯。

一個空靈少年怯生生從他背後走出來，整個人看起來很纖細，彷彿一折就斷。他臉色蒼白，跟活潑的哥哥恰成對比。

「……我叫優琉，請多多指教。」

他頭上沒有刺繡的一般貝雷帽壓得很低。

「我爹地的公司贊助了這次的企劃，所以我們是以贊助商招待名額還有特邀玩家的身分受邀的。看你的帽子，你也是受邀來的吧。」

都高中生還叫「爹地」？我強忍笑意，聳聳肩刻意表現出從容的神態。

「是啊，這種我還挺擅長的。」

「這樣我們也算滿有緣分的。怎麼樣？今天也來較量較量……」

勝琉乾笑著這麼說。

哇，又來了。真是的，每次都會走到這種方向……

但我轉念想想，其實這樣也不錯，剛好可以作為炒熱氣氛的材料。

我正要回答他時——

大廳燈光暗下，螢幕上出現投影影像。會場頓時響起一陣輕呼的歡聲，還有鼓譟的口哨。

遊戲開始了。

＊ 晚上10點10分
遊戲開始4小時10分鐘

本來應該是愉快的遊戲。

為什麼現在我卻跟勝琉的弟弟優琉一起被關在這個房間裡呢？

「海斗哥……」

優琉害怕地開口，一臉慘白。

「我……那時候不小心聽到了。那些人……那些船員說……」

他的眼神閃動，顫抖般地搖著頭，好像想甩掉什麼記憶一樣。是在克制著心裡的恐懼嗎？

「我聽到他們說，要綁架我們。」

綁架——

震驚讓我的腦袋裡一片空白。

綁架。這樣一切就說得通了。為什麼我們會被強行綁走、關在這個地方。

一陣恐懼襲來，可能身涉犯罪案件中的恐懼。為什麼我會陷入這種局面？綁架我有什麼好處？但一想到優琉家我就心中一驚。

真正的目標該不會是優琉吧？

這時，一股責任感油然而生。

我得保護眼前這個少年。他現在很害怕，而我比他年長，連我都害怕怎麼行？我試著讓自己振作，但沒什麼用。出乎意料的發展還是讓我無法保持平靜。

「怎、怎麼辦啊海斗哥。我們會這樣一直被關著嗎……？」

優琉求助般地問個不停。

「我們會不會被殺掉？我們看到了兇手的長相，萬一被滅口的話……」

「別擔心，你想像力太豐富了。」我一直給他毫無根據的鼓勵。

但，萬一這不是想像呢？

我渾身發毛。

得逃出這裡才行。

帶著優琉兩個人一起逃走。

真糟糕。我暗叫不妙。我們是來玩逃脫遊戲的，可以享受高度趣味性、滿足知性快感的遊戲。

我確實很擅長玩遊戲。

但現實就不一樣了。

竟然落入得真正設法逃脫的情境——我可一點都不期待這種局面。

1 第一題

勝琉（兄）晚上8點30分

遊戲開始2小時30分鐘

沒什麼好畏畏縮縮的。

我這樣告訴自己。

A甲板的餐廳裡擠滿了參加遊戲的人。到了晚餐時間。大家帶著各自的期待，正在享受這一夜歡宴。有人打算先填飽肚子再來解題，也有人想在餐後去船內酒吧看看。每個人的享受方法都不太一樣。

餐廳是自助式餐檯，本來想狠狠吃個飽，但此時我已經一點食慾都沒有。牛排也只吃了一塊。

喝著熱紅茶，設法讓自己鎮靜下來。

我看著手上這張紙。

『第一題　風土玲流是幾點幾分被殺的？』

套組裡還放了案發現場的照片。角度是從走廊往艙房裡拍，畫面上是風土面對書桌坐著的背影，手下有稿紙。風土是被打死的，頭上有紅黑色血跡，上方牆壁掛著一個時鐘。

時鐘鐘面看不太清楚。

也就是說，第一題的目的是要我們「探索船內，找出案發現場，親眼看看時鐘」。

這也太基本了。

旁邊兩個宅男風的人很快開始討論。

「第一題這麼簡單不太行吧？」

「不，這次參加的人裡還有櫻木系列的追星粉絲，這樣的難度剛剛好。重要的是去探索船上、靠自己雙腿找出答案啊。」

「也對，而且看起來簡單說不定是陷阱。這類逃脫遊戲通常會針對整體設下大機關。」

沒錯，整體的大機關。在個別問題上零星給出許多線索，最後慢慢收回撒出的伏線，顯現出設下的機關。
在遊戲開始的那個瞬間，陷阱就已經悄悄張開了大口。
我想起遊戲的開頭。

＊　下午5點58分
遊戲開始倒數2分鐘

在會場看到海斗的那個瞬間，我腦中頓時一片空白。
為什麼他會在這裡——
但我馬上吞回那股倉皇，緊接著吐出「來較量較量」這句台詞，以我跟海斗的關係來說，這也是很自然的。
我雖然有點慌張，但海斗是個看到謎題就一頭熱的人。一說起推理小說他就興致勃勃，看不見周圍。只要遊戲一開始，他根本不會注意到我。
我大可抬頭挺胸、無須閃躲。
喝著歡迎果汁，我這樣安撫自己。
「讓各位久等了。這身服裝很適合大家呢。」

一個穿著燕尾服的男人站在大廳舞台上。聽他說起「服裝」，我下意識低頭看看自己身上的背心。

「請各位看看螢幕。」

螢幕上映出的應該是這艘船第三甲板的大廳，也就是剛剛我們上船的地方。大廳裡站著一個很面熟的男人，身穿卡其色西裝，嘴上蓄著鬍鬚。他走近攝影機。

「什麼！不會吧！？」

我身後的女人開心地這麼說，緊接著嬌聲尖叫了起來。

『沒想到會在這裡見到你，櫻木。今天的變裝跟平時不太一樣呢。但是看到你的帽子和背心我一眼就認出來了。』

臉上帶著笑意、流暢說出這段台詞的男人，是飾演櫻木搭檔田島刑警的演員。他原本是男性偶像團體，現在則是深受女性喜愛的中年大叔演員。

身邊幾位有點年紀的男女交換著感想。

「哇，陣容挺豪華的嘛。」

「根本可以算聯名合作了吧！這廣告下得有價值。」

名偵探櫻木擅長變裝，不分男女老少，可以扮成各種人物潛入現場調查。基於這樣的設定，每個玩家都可以扮演櫻木。背心和帽子也不是單純的贈品，而是塑造出

「玩家＝櫻木」氣氛的小道具，可以瞬間提高遊戲的沉浸效果。

我不禁佩服，設想得真周到。

『昨天晚餐時沒看到您呢。喔？是嗎，您七點就睡了？可能是旅途勞累了吧。』

『田島先生，你怎麼在這種地方摸魚呢？』

這次輪到男性參加者爆出歡聲。

畫面上出現的是田島的後輩會田這個女性角色。她肉感的嘴唇和童顏是一大特徵，經常出現在電影和連續劇、舞台劇中。

身後傳來沙沙書寫的聲音。看來這個人對演員無動於衷，一心以為開場影片裡可能有什麼線索，所以拚命寫著筆記吧。真是認真。

『喔，是會田啊。我見到櫻木了，這次的案子也要請他幫忙。』

『櫻木先生……？怎麼跟平時感覺不太一樣？』

『笨蛋，因為變裝啊。當然會跟平時不一樣。』

『是這樣嗎？總之我先下船去請求支援。』

她正打算從出入口下船，卻被員工叫住。『下船時得回收票券。』『我馬上就回來啊……』『這是規定。』兩人一來一往沒個結果，會田漸漸從畫面上消失。

田島乾咳了兩聲。

『櫻木啊，其實這艘船內發生了命案，被害人是推理小說家。被菸灰缸砸中頭。』
畫面回切開始播放出一名熟齡男子被人擊殺的影像。趴在桌上的男人臉部很模糊，也只拍到短短一瞬間。
田島緊握著拳。
『櫻木！我絕對不會讓兇手下這艘船！你也記住這件事——千萬不能讓兇手下船！我們一定要親手逮住兇手！』
這時畫面一轉，跳出『名偵探櫻木桂馬，逃離豪華客船！』的標題字，還播放出連續劇的知名BGM。掌聲響遍整個大廳。短短五分鐘左右的影像，已經將大家都拉進這個世界中。
滿臉鬍碴的兩個男人隨口交換著意見。
「真厲害，還有BGM呢，應該也取得授權了吧？」
「畢竟都是找真正的演員上場。啊，可是如果玩家扮演的是櫻木，那飾演櫻木的安齋今天就不會出現了吧？要是能看到她就好了。不能換一下腳本嗎？」
被問到這些的工作人員一臉為難地笑著。
「好的。」
影片播放結束，燕尾服男人再次回到台上開始說明。

「本船將航行東京灣，開到海中停下，之後再回到原本的港口。旅程為兩天一夜，這期間禁止下船。因為——」

燕尾服男人傲然一笑。

「各位都肩負逮捕殺人犯的使命。」

這氣氛還真像回事。我看到海斗的表情變得緊張。

台上的男人先強調禁止下船的這個前提，之後又說到，萬一有人身體不適，醫護室裡有船醫，假如遇到緊急情況會以停泊在近海待命的小型船搬運，送到醫療院所。

「那麼請各位先確認手中的套組。題紙和四張答題用紙，另外照片、圖面和票券也各有一張。」

我打開手上的套組。透明檔案包裡放了B5大小的紙張。題紙上印著所有問題，但有很多條現在還看不懂意思。應該逐題作答後才能獲得線索吧。

答題用紙是一張張短短的紙條，上面標示著「A1」「A2」等題目編號，還附有注意事項：「若寫錯或污損將再次發放，請洽詢工作人員。」

票券就是這個活動的入場券。根據說明，我們試玩時以邀請卡代替票券，但真正的遊戲中必須購買這種票券才能入場。票券仿船票的設計，船名也跟作品中的名字一樣。A4折成三折的船票樣式，正面印有活動名稱和注意事項、玩家名字，背面是橫線筆記頁面，左上角印著「memo」。

還有一張船的圖面。最上層甲板以上，和第二、第三甲板的圖整理在一張圖面中，標示了遊戲區域，客房和機關室等地禁止進入。

「套組中的照片跟第一題有關，之後再請各位確認。另外，裡面還有一張問卷，也請各位填寫。」

男人指向舞台上一個鐵箱。

「請各位玩家回答第一題到第四題，還有最後『兇手是誰？』這個問題。每個問題的解答都會成為導引到最後問題的線索，建議各位依序作答。

第一題到第四題的答案，請交給設置在這個大廳裡的主辦方櫃檯。回答完第一題後我們會給您第二題的提示，類似各位現在手中的照片。請依照這個順序，收集回答最後問題的線索。第一題到第四題可以多次回答，還不習慣解謎遊戲的朋友也請不用擔心、積極作答。」

我看著手上的答題用紙。原來「再次發放」是這個意思啊。

「還有，提交最後解答的地方不一樣。最後問題的解答請投到台上的投票箱裡。這個問題只能回答一次，還請慎重回答。我們希望各位能夠回答獨一無二的解答，還有作答的原因。

假如丟進多張答案，只有第一張投票視為有效。答題用紙會依序堆放在箱中，我們可以推測出投票順序。答題用紙上必須填寫名字，避免作弊……」

男人戲劇化地搖搖頭。

「作答截止時間是明天下午兩點，距離現在大約還有二十個小時。之後我們會在下午四點開始上映解決篇，並且公布結果、進行表揚，結束活動。我們準備了最優秀獎和特別獎等各種獎項。根據各題的解答狀況、解答內容、速度等等，經過公平公正的審查來決定獲獎者。配分方式第一題到第四題各有5分，最後問題有80分。第一題到第四題如果提出多種答案，假如最後問題的答案正確就可以獲得5分。每一張用紙上都印有玩家的名字，會由主辦方來收集統計。

最後問題的配分比例相當高，但作答根據、注意到的線索等也都是計分對象，希望各位可以盡量寫上自己發現的大小細節。」

因此，所有玩家理應可以拿到5分×4題共20分。勝負的關鍵在於針對最後問題能寫下多少線索、能多快找到正確答案。

男人繼續說明。

「接下來，就請各位走進這座奇幻眩目的迷宮。逃脫遊戲『名偵探櫻木桂馬，逃離豪華客船！』，正式開始！」

大廳迴響起熱烈掌聲。

「喂，感覺規劃得挺不錯的呢。」

海斗在身邊這麼對我說，嘴角還帶著笑。

「非常適合我們一決高下。」我回了他這句話，自己也忍不住笑了。

「哥，你們兩個感情不錯嘛。」優琉說道。

「只是普通同學罷了。」我回答他

「剛剛說明規則的時候有提到最後問題的答題用紙嗎？」

背後那個大學生說起。

「套組裡能用的紙張大概就是船票的背面吧。A4大小，上面畫了橫線還印好了名字。」

「啊？要投進票券啊？我在收集這些票呢。」

「套組和背心都可以帶回去，這樣紀念品已經很夠了吧。」

確實，我也正覺得奇怪剛剛為什麼沒清楚說明哪張是答題用紙。我得記下這件事。

「啊！」

優琉打翻了飲料的杯子。果汁潑在海斗的套組上，紙都被水沾濕了。

「啊，對不起！」

優琉大聲道歉。我也以哥哥的身分為弟弟的粗心賠不是。

很快有人趕來，小聲地說：「我幫您換一套新的。」大約五分鐘後，工作人員帶著包含問卷在內的新套組來更換，海斗這才放心。

「真是虛驚一場，畢竟問卷上印了名字。他們好像用我的名字重新幫忙印了一張。」

「真的很對不起。」

「不用道歉啦。反正也沒什麼大礙。」

海斗笑著說，優琉總算鬆了一口氣。

「優琉你真的很遲鈍耶，做事小心點，多注意周圍啊。」

「……哥，對不起。」

優琉低下頭。其實也犯不著在朋友面前這樣，我有點後悔，尷尬地別過臉。

真是的，看來未來前途多難啊。

誰叫我偏偏在這種日子裡遇到海斗呢？

＊ 晚上9點

遊戲開始3小時

我來到設定為殺人現場的艙房。

事件的概要是這樣的：推理作家風土玲流在自己客房被殺，尚未發表的原稿也被偷走。嫌犯有編輯A、風土的妻子B、瘋狂粉絲C這三個人。玩家＝名偵探櫻木來到風土的房間尋找線索，並且依據拜訪A～C的房間收集證詞。大概流程就是這樣。

案發現場是位於第二甲板的B級艙房其中一個房間。房間位於走廊第一間，房間左手邊就是通往上層上甲板的樓梯，右手邊則是其他客房，後方是通往下層第三甲板的樓梯。

許多玩家都擠在房間前。看似贊助商的幾個男人正在交談：「看來案發現場最好安排在其他地方。」「房間不夠大是不行的。再不然就得錯開大家觀察的時間。」我趁著大家對話悄悄錯身潛入。

房內有書桌、抽屜、衣櫃、床。示意風土屍體的人偶趴在桌上，臉朝左邊。頭上塗著紅色顏料，玻璃菸灰缸掉落在旁。他手下有一張稿紙。仔細一看，上面確實寫著文章，應該設定為未發表原稿中的一張吧。可能是兇手殺了風土之後唯有這張稿紙來不及從現場回收。

我迅速讀過稿紙的內容，確實稱得上是短篇小說的一部分。沒想到這遊戲的細節

【圖①】

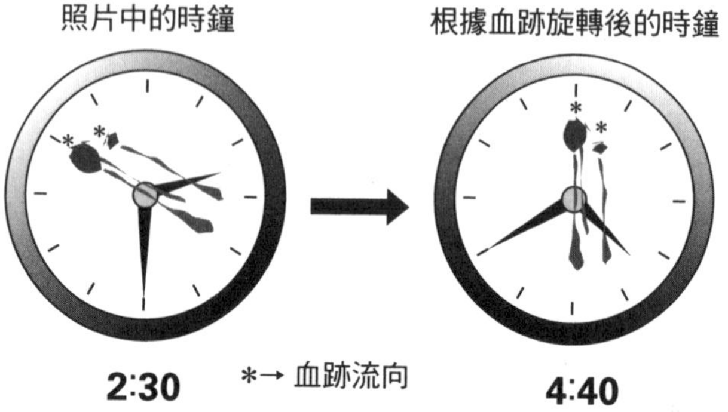

還挺講究的。

我將視線移到書桌上方，牆壁上有個圓形痕跡。但上面沒有時鐘，那痕跡的右下方貼著一張大照片，是一開始發給我們的照片中，把時鐘部分再放大的照片。【圖①】

乍看之下，會以為時鐘指向兩點半，不過時鐘上有血跡飛濺。血往右下方流動，兇手毆打風土頭部時，血噴濺到時鐘的鐘面上。血應該會因重力由上往下流才對，不可能流往右下方。我向工作人員借來量角器（我也設想到他們會準備這些東西），測量長針跟短針的內角，發現這個角度並不是兩點半時會呈現的角度。可以推測兇手在行兇後又以不同角度將時鐘重掛上去。

我將時鐘轉到血跡朝正下方流的角度，出現了『四點四十分』這個時刻。所以這才是正確的案發時間。我在答題用紙上寫下這個時間。

走到房間外，我注意到走廊牆壁上有一塊太陽曬過的痕跡。長六十公分、寬三十公分左右的痕跡，可能原本掛著畫吧。大概是因為這場活動緊急改了裝潢。真是辛苦了。

我到大廳將答題用紙交給工作人員，這時候已經有很多人在排隊。第一題並不難，應該沒有太大問題。

「那麼請繼續解決下一個問題。」

船員微笑地遞給我第二題的線索。

「豬狩海斗先生。」

我點點頭。看起來應該沒有太不自然吧？

要偽裝成別人真不容易。就這一點來說，櫻木真是了不起——腦中想著這些無關緊要的事，我繼續以海斗的身分參加遊戲。

優琉（弟）下午10點30分

遊戲開始4小時30分鐘

「我聽到他們說，要綁架我們。」

海斗哥臉色慘白，嘴唇在顫抖。可以看出他受到很大的驚嚇。

我繼續訴說著擔心會被殺的不安。船裡有種獨特的搖晃感，第一次搭船的我開始有點不舒服。

看海斗哥的表情，似乎沉思了好一會兒。

接著他突然站起來，在房間裡來回兜圈。

「怎、怎麼辦，海斗哥？」

「我們得快點逃出這個地方。」

海斗哥堅定地這麼說，眼睛裡閃著光，看來就像燃起熊熊使命感。

他伸手進口袋取出手機，開機花上一點時間，他不耐煩地啐了一聲。

「……不行。雖然有電，但收不到訊號。」

我的也是。海斗哥聽我這麼說笑了起來。

「別擔心，優琉，交給我吧。我很擅長動腦子的。」

他彎起嘴角對我微笑，明明自己也很不安，還是鼓起勇氣來替我打氣。這樣的海斗哥讓我很有好感。

「從這房間的裝潢看來，應該是C級艙房吧。在第三甲板最邊邊。」

啊！說著，海斗哥打開套組：「找到了。這邊有船內平面圖，用這張來確認一下吧。」我也靠近海斗哥手邊看。

「應該在第三甲板的某個地方……。客房裡全部不屬於遊戲區……啊！」海斗哥指著第三甲板圖面的右下方：「這裡很可疑，刻意寫上『禁止進入』，還畫了一個大叉。」

「為什麼只有這裡要特別標示呢？明明附近的房間都可以正常使用。」

「不讓大家接近這間房間，可能對遊戲來說有某種意義吧，但我還不知道會是什麼意義……但兇手他們肯定是想利用這間房間。」

「啊！」

原來如此。我拍了一下膝頭。只要把我們關在這裡，玩家或者工作人員就都不會靠近。

「這間房間……從圖面上看來，好像是C13號艙房。」

這時海斗哥忽然賊賊地笑起來。老實說，看了讓人有點發毛。

「海、海斗哥？」

「啊，抱歉抱歉。」

他眨了眨眼，連忙解釋。

「以前有一部知名的推理短篇，是傑克．福翠爾寫的〈逃出十三號牢房〉。講的是有思考機器這個暱稱的偵探為了跟人鬥智進了監獄單人房，靠智慧和巧思逃脫的故事，我看到艙房號碼就想起了這個故事。現在自己好像也變成了思考機器。」

哥哥沒怎麼跟我提過海斗哥，但是現在我至少知道他是個重度推理宅。

我忽然感到一股不安。我們真的能得救嗎？

「仔細想想，船這種東西還真不錯。傑克．福翠爾人生的最後結束在鐵達尼號上，麥斯．艾倫．柯林斯和若竹七海也都用船這個主題寫過長篇，這次的逃脫遊戲也是，你看推理作家給自己取了那個名字，一定是在向福翠爾❷致敬……真不賴……愈來愈有意思了。」

海斗哥興奮地開始調查艙房內部。剛剛那張蒼白的臉不知到哪裡去了。

我暗在心中訝異。

C級艙房只有書桌、床、衣櫃和抽屜這些簡單家具。有一扇通往走廊的門，還有通往淋浴室跟廁所的門各一扇。雖然有船窗，不過是嵌死的，而且外面就是海。完全沒有逃脫的方法。

「啊，海斗哥，這裡有電話。」

我跑向桌上的電話，應該能打通船內分機，馬上拿起話筒放在耳邊，但沒有任何聲音。

「沒用的。」

海斗哥蹲在地上，手上拿著看似纜線的東西。纜線露出整齊的切割剖面。

「電話線被切斷了，用的應該是銳利的利器。兇手他們在這方面也做得很周到。」

海斗哥搖搖頭。

「好……總之我們得先找找逃脫的方法，或者是求助的方法。」

海斗哥走向通往走廊的門。門是朝外開的，上面有防盜貓眼，湊上一看，外面一片黑，房間前可能放了什麼東西。

門沒有鎖。門把可以轉動，但門卻推不動。

「喝！」

海斗哥利用身體的反動撞向門板，但門文風不動。

「這樣用力撞，鉸鏈的地方稍微浮起來一點了……不過也只是能穿過一張紙的縫隙。」

「海斗哥，我也來試試。」

❷遊戲中的推理作家風土玲流日文發音為Fūdo Reiru，音近福翠爾（Futrelle）。

「不，你還是別試了。身體會痛的。」他板起臉說道：「門外應該放了什麼重物。大概隨意堆了很多東西在門口，讓其他人以為這裡是倉庫吧。類似堆路障那樣。」

「怎麼這樣！那我們有方法能出去嗎？」

「我正在想辦法。」

但這房間對外的開口只有通往走廊這扇門。我們兩人一起搬動床鋪，海斗哥站在床上檢查天花板的排氣口。他拿著在房裡找到的緊急用手電筒，把頭塞進排氣口裡。

「過得去嗎？」

「不行。」

海斗哥的臉從排氣口縮回來，狂咳了一陣子。

「我的身體大概在肩膀就會卡住，優琉你說不定進得去，可是縱深太長，應該爬不上去。」

一想像到我要一個人進入排氣管道，就忍不住全身打顫。

「我現在會大聲叫，你不要嚇到啊。」

說著，海斗哥先深呼吸一口氣挺起胸，然後用力大聲往排氣口裡叫。

「救命啊！」

聲音迴響了一陣子。接著是一片寂靜，並沒有聽到任何其他聲響。

「照理來說應該會連接到其他地方才對啊？可能沒那麼快有反應吧。」

海斗哥也檢查了廁所和浴室的排水管，但都不像能容人出入的地方。

海斗哥捲起解謎套組的透明檔案包，開始往天花板捅。

「你在做什麼？」

「我在想天花板會不會有比較薄的地方，說不定能從那裡弄壞。」

「弄壞——」

「弄壞天花板然後爬出去啊，很合理吧？」

也太亂來了吧。我有點驚訝。至少不是我喜歡的做法。

海斗哥打開抽屜，尋找堪用的東西。抽屜裡有透明膠帶、剪刀、筆記本。

「總之有紙可用了。」

我一頭霧水，搞不懂海斗哥在想什麼。「海斗哥。」聽到我叫他，他對我說：

「你放心，我一定會救你出去。優琉，你打開解謎套組，看看能解到什麼地步吧。」

他應該是為了讓我安心，所以找其他事來分散我的注意力吧。但我也不是小孩子了。

「海斗哥——」

「不過，如果說這是綁架，也太奇怪。」

海斗哥話說得很快。不像是說給我聽，更像是在自言自語。

「抓走我們的那些人，從服裝來看應該是船員。他們在船上綁架我們？這風險實在太高了。他們不但無處可逃，怎麼領取贖金也是個問題。」

他好像對自己身處的狀況開始感到興趣。我仔細回想當時的情況。

「我記得……當時那些船員說要把我們關起來。然後還說要聯絡我們的爸爸，要求贖金。」

「等等，等一下！」

海斗哥瞪大了眼睛。

「『我們的爸爸』？也就是說，你跟我……？」

他說到這裡停了下來，好像發現到什麼。

「不會吧？」

「嗯……我想應該就是這樣。」

優琉點點頭。

「他們以為海斗哥是我哥，才會綁架你。」

2 第二題

勝琉（兄）下午10點45分
遊戲開始4小時45分鐘

剛剛優琉打翻果汁時，已經確認確實會再次發放答題用紙。

有人誤以為海斗是我，將他抓走——發現這個「狀況」時，我所做的第一件事就是假裝自己是海斗。

幸好身上穿著背心和帽子，在燈光昏暗的地方很難區分出服裝和長相的不同。我們年紀相仿，個子也差不多高，應該不會有人懷疑。我要求用海斗的名字重新發放答題用紙時，對方也沒有覺得特別奇怪。

——只要態度坦然就行了。

我再次這麼告訴自己，低調地繼續挑戰第二題。在這個遊戲中要維持低調的秘訣，就是進度不能太快，但也不能太慢。假如第一題解太久，以「特邀玩家」的身分來說未免太不自然。

第二題難度並不高，但比較麻煩一點。

「第二題　案發現場的艙房附近，有甲、乙、丙、丁四位乘客。但其中有一個人被真兇籠絡作了偽證。甲到丁中，是誰在說謊？」

那兩個大學生正在評論這個問題。

「這是很常見的邏輯遊戲啊。只要找出互相矛盾的證詞，就可以知道是誰在說謊了。」

「四個人的證詞得在船內四處走動才能收集完全，這麼一來可以確保遊戲的趣味性。要靠自己的雙腳去找線索，應該是採用了『街遊』的手法吧。」

「說是要四處走動啦，不過地圖上已經標示出四個人的所在位置了。這設計也太佛心，感覺有點沒勁呢。」

這兩人的評語還挺嚴格的，不過這個問題的確不難。

我在主辦方櫃檯交出第一題的答案後，拿到一張紙。上面畫著甲到丁這四個人的位置，根據他們的所在位置，還有依照圖上指示行動所得的各證詞如下。【圖②】

甲：「我看到逃走的兇手了。丙有受傷嗎？」

乙：「兇手從後面撞到我！我真的嚇了一跳！」

丙：「我正要離開房間，結果兇手那渾蛋竟然狠狠踩了我一腳！想躲在我房間？開什麼玩笑！」

【圖②】

第二甲板簡圖

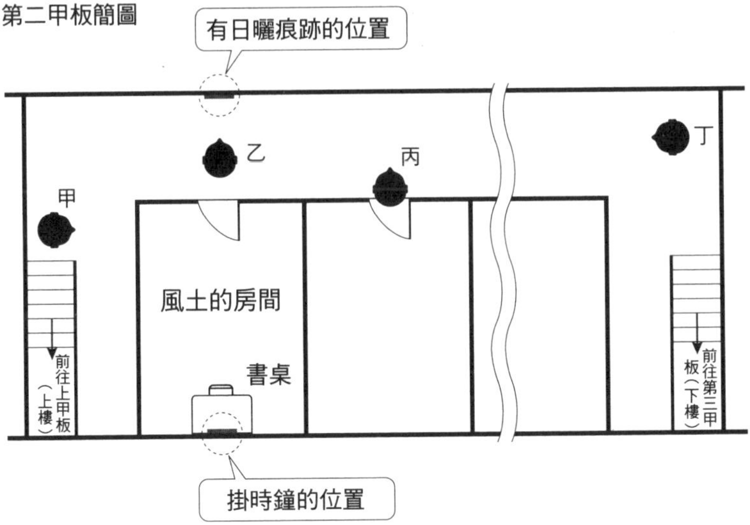

丁：「我看到兇手從房間走出來撞到乙的背。結果他轉往我這邊來，我嚇到無法動彈。啊，真可怕。」

光看甲的證詞，會覺得兇手應該往丁所在的下樓樓梯那邊逃走。可是從甲站立的位置來看，不太可能看得到丙的腳被踩到的樣子。這樣看來，很明顯可以知道說謊的是甲。

另外，如果運用邏輯遊戲的定律也可以解開這一題。丁的證詞中提到了乙的樣子，假如丁為真，那麼乙也為真。這麼一來說謊的就是甲或丙，假如乙和丁為真，那兇手逃走的路徑就是從乙到丁的位置，其中並沒有矛盾。所以丙的腳被踩到的證詞也為真。剩下的甲就是說謊的人。

我們得拿到在甲乙丙丁所在位置發放的卡片來收集證詞。因為必須依照地圖的誘導，所以雖然花了一點時間，不過一旦收集完全，這也不是什麼太大難題。相當常見的謊言邏輯。

謊言——

我笑了笑自己。在這艘船內扯最大謊的，無疑就是我。

不，我僱用的那些船員也都在說謊。他們用中文告訴我沒問題，但到頭來還不是搞砸了。

我要船員綁架我跟我弟弟。

沒想到這些船員竟然搞錯了。

來到甲板上，夜風舒適地撫過我的臉頰。漆黑的海面上波光粼粼，甲板上的泳池裡亮著夜用照明，手拿雞尾酒杯的大人們正在泳池邊談笑。夜間泳池的風情。原來在海上戲水是如此奢侈。

靠在甲板的扶手邊仰望著夜空。呼~我長長吐出一口氣。

……現在益田管家應該正把照片拿給爹地看吧。我被綁起來、嘴裡被塞住東西的照片——那是我「假裝」被綁架事先拍好的照片。我把檔案給了益田。只要益田說：

「這是綁架犯寄來的。」爹地一定馬上就會相信。益田在我家資歷最老，也深受爹地信賴。

反過來說，他跟我們兄弟倆的感情也最好。

我要爹地在多間交易所大量購買特定比特幣，讓價格狂漲。這時怕錯失機會的買家一定也會跟著購買，助長漲勢。虛擬貨幣的世界比股票流動性更高，單一買家就能帶來莫大影響。等價格拉抬起來我就會脫手，到時再跟船員們分配這些獲利——原本應該是這樣的。

但我的計畫呢？

我設計的假綁架劇本，已經完全失控了。

但不用急。我可以完美處理掉這些意外。

反正被關在那間房間裡的海斗和優琉什麼也幹不了……

我一個人暗自竊笑。丁的卡片放在與圖中位置稍有距離的第三甲板。我想起下樓去取卡片時的事。

那兩個大學生不知道在討論什麼。第三甲板就是C級艙房所在的樓層。

「喂，你剛剛有沒有聽到什麼奇怪的聲音？好像在叫『救命』？」

「不要鬧了啦，很嚇人耶。」
「可是剛剛我要進自己房間時，好像也聽到了『救命』聲。喂，好像有點可怕。是不是真的出了什麼事啊？」
海斗和優琉該不會就在附近？我倒吸了一口氣。
那兩個人當然也不會乖乖被關著，一定會設法求助。
「不，你看看這間房間。上面有『禁止進入』的貼紙，船內圖上也打了X，那種房間裡傳出來的聲音，一定是遊戲故意營造的氣氛啦。」
「可是……」
「好了啦，你想太多了。這可是遊戲耶。解謎遊戲當中怎麼可能發生案件呢？」
大學生的聲音有點大了起來。
「……可能吧，說不定聲音只是我自己疑神疑鬼。」
我鬆了一口氣。因為是這種遊戲……原來如此，還有這種隱身術啊。
我大可放心，事跡不會敗露的。
「豬狩海斗先生。」
這時有人從身後叫了我名字。
我身體一抖。轉過頭，站著一位身穿套裝的女人。

「您是……豬狩海斗先生沒錯吧。剛剛來交過答案？」
「啊，對，是我沒錯。」
她遞出一支原子筆。
「您剛剛忘了東西，給您送過來了。」
「喔，啊……這樣啊。真是麻煩妳了，非常謝謝……」
我再次將帽簷壓低戴好，接過原子筆。那女人離開後我的心臟還繼續噗通噗通跳個不停。
這時，艙房那邊傳來了沉悶的一聲「咚！」
我的身體又顫了一下。
門縫間飄下一張紙。
是海斗他們嗎？我先確認周圍沒有其他人，才撿起那張紙。
『給勝琉』
看到收件人名時，還以為被他們發現我就站在門前，真的嚇到了。但他們不可能知道。因為他們根本看不見這裡的狀況。應該是期待撿起這張紙的人可以把信交給我吧。
信上寫的是向我求助的內容。

我小聲嗤嗤笑了起來。

——什麼嘛。

我把紙張在掌心裡捏成一團。

看樣子他們從剛剛開始又叫又喊，做了不少嘗試，可是到頭來還是被逼到走投無路，只能向我求助。剛剛那麼害怕的我實在太好笑了。

海斗應該根本沒發現，我就是幕後黑手吧……

海斗，這次贏的一定是我。

我一定會讓這場假綁架成功。

優琉（弟）
晚上11點　遊戲開始5小時

「我跟勝琉被搞錯了？」

海斗哥有一瞬間露出莫名其妙的表情，但馬上瞪大了眼睛、粗聲呼吸。他開始用力點頭許多次，就像個壞掉的胡桃鉗人偶一樣。海斗哥在密閉的艙房裡不停走動著。

「原來如此，是這樣啊。那一切就說得通了。」

「但是有可能搞錯人嗎？雖然看樣子確實是搞錯了……」

「有可能啊。」海斗哥漲紅著臉繼續說：「綁架犯手上可能只有綁架目標，也就是勝琉的年齡、體型，還有照片這些資訊吧。我跟勝琉是同學，個子也差不多高。走廊燈光昏暗，他們沒能仔細確認。」

「這樣就會認錯？」

「還有其他原因，例如你就是其中之一。」

「我？」

「綁架犯知道勝琉有弟弟，看到我跟你在一起，立刻就判斷我是哥哥勝琉。另外，兇手會認錯人的最大理由就是我們現在身上穿的背心跟貝雷帽。」

啊！我驚嘆了一聲。

「因為所有人的服裝都差不多，所以很難判斷。再加上帽子戴得低，很難確認臉部。我跟勝琉都是特邀玩家，同樣戴著有刺繡的帽子。」

「原來如此……因為累積了很多因素，才會發生這場烏龍綁架。」

海斗哥點點頭，接著表情凝重地低下頭。

一想到是我害海斗哥捲入這種局面就覺得很抱歉，同時又想到發現綁錯人兇手他們可能會惱羞成怒，我就更害怕了。我一個小孩子，根本無法對抗那些大漢的暴力。

「好了……不用害怕，我一定會想出辦法的。」

海斗哥的聲音有點發抖，他也跟我一樣害怕。

這時我的肚子叫了起來。咕嚕咕嚕，毫不客氣的聲音，我難為情地按住自己肚子。

海斗哥微笑著說：

「也對，你肚子應該餓了吧，這裡有水龍頭，不怕沒水喝，不過看來綁架犯應該不打算給我們送吃的吧……」

「……啊！」

我伸手到口袋裡。

陸續從口袋裡拿出好幾包巧克力棒、堅果類、餅乾。

「本來想可以當點心，剛剛在交誼廳拿了這些零食……我們一起吃吧？」

「你拿了這麼多啊？沒想到還是個小饞蟲呢。」

海斗哥笑了，我立刻反擊：「你再笑我就不給你了！」

巧克力棒有兩根，我們各吃一根。看來可能會是長期戰，我們先收起其他糧食。

我腦中浮現起餐廳的自助餐檯，現在不知道擺出了多麼豪華的菜色。這種船上準備的餐點一定很好吃吧？光是想像就快流出口水了，同時，我也非常憎恨那些奪走我享用美味晚餐機會的人。

「該怎麼樣才會有人來救我們呢……」

「兇手好像也不會來監看，只要有機會跟外部接觸……」

外面傳來了聲音。是兩個男人。「兇手回來了！」我大叫。這時海斗哥整個人感覺都不一樣了，他銳利的眼神盯著門，輕聲說：「太快了。」

我們可以聽到門那頭男人們的對話。「有……卡片……」聲音隔著門不是很清晰，斷斷續續的。

從內容判斷，他們應該是遊戲參加者。我覺得全身乏力。

「看來這附近可能是參加者的必經要道。」

海斗哥說道。他站起來走到門前，用拳頭捶著門，叫了好幾聲：「救命！」一片寂靜。

我們兩個將耳朵貼在門上。只聽見窸窸窣窣的聲音，聽不大清楚。什麼？他們在說什麼？

「好了啦……這可是遊戲耶……解謎遊戲當中怎麼可能……」

其中一個男人的聲音突然變大。看來是兩人一來一往，其中一方終於按捺不住回嘴了吧。

我覺得全身都沒了力氣。

「這是遊戲……嗎。兩人裡有一個人說『好像有人叫救命』，但被另一個人否定了。」

「為什麼？」

「因為現在正在玩解謎遊戲，所以這應該是某種氣氛營造……對方大概是這樣說的吧。如果他們真的這樣想那可不太妙。」

海斗哥搖搖頭，肩膀下垂，可以看出他的沮喪。

「但如果這裡是必經要道……那就表示勝琉也可能會經過這裡。」

「對耶！」

海斗哥拿出我們在抽屜找到的筆記本，用鉛筆寫下。

『給勝琉

我是海斗。

竟然會被關在這房間裡，真是萬萬沒想到。你這小子快點找到我們、放我們出去。

自行逃脫很困難，沒時間了。這樣下去我們會被殺。我自己都覺得說這些很沒用，但我相信你會來，我等你。』

海斗哥急忙寫下這些，然後將耳朵貼在門上。

「海斗哥，你要怎麼把紙條給我哥？」

「當然是先讓人撿到。這張紙上寫了勝琉的名字。只要有人撿到拿去給主辦單位，一定會透過館內廣播呼叫勝琉。」

海斗哥這個想法有個大漏洞。如果是這樣，只要把情況告訴撿起紙條的人就好啊，何必要特地寫給我哥？

這時，有腳步聲停在門附近。

「豬狩海斗先生。」

是個女人的聲音。聲音很高、很清澈，隔著門都能聽見。

被叫到名字的海斗哥肩頭微微一振。「為什麼會出現我的名字？」他低聲說道，轉過頭來看我。我下意識地搖頭。

「——不，現在不用。等等我會撞門，到時候你再把紙從門縫裡塞出去。」
準備，開始！海斗哥喊聲之後身體撞向門。我也無暇多想。鉸鏈的另一邊稍微開了一道縫，我把紙條從縫隙間丟了出去。
丟出去了！
腳步聲再次停在房間前。
這股沉默裡帶著不尋常的緊張。海斗哥乾吞著口水直盯著看，門外的那個人也停下腳步，一動都不動。連我也忍不住屏住呼吸。
下個瞬間，門外傳來些微的沙沙聲。
「啊——」
我叫了一聲。
「為什麼……都看到我們求援了，為什麼無動於衷呢？真過分。」
腳步聲愈走愈遠。
「果然如此——」
海斗哥搖搖頭，皺著眉，一臉遺憾。
「剛剛那個女人並不是知道我在這裡才叫我的。除了女人之外還有另一個人。女人叫的，是站在門前的那個人物。」

「啊？所以說那個人……」
「對，他用的是我的名字。」
「但海斗哥人在這裡啊……」
「很奇怪吧。但如果那個人是勝琉，就很好懂了。」
「什麼？」
我大聲叫了起來。
「為什麼會這樣？你說剛剛那個人是我哥……？」
海斗哥顯得有點猶豫。
「這話我有點難以啟齒，但設計這次綁架案的，可能是勝琉。」
「什麼！」
我聲音又更大了，還不斷搖著頭。
「不可能！我哥怎麼可能想出這種事。」
「當然這也只是我的推理。不過這樣想就可以說明很多疑點。
首先我覺得奇怪的是，為什麼會在船內發生這種事件。」
「船內……你的意思是說，因為船上不方便搶走贖金嗎？」
「不是。贖金也可以靠股票操作之類，不直接與對方接觸的方法取得。

問題在其他地方。假如在船上犯案，那麼綁架犯不就無處可逃了嗎？他們無法從海上逃走，假如被通報警方，回到港口時有警察等著，那一切就完了。這種綁架手法太過冒險。」

「可是這樣說來任何人都不會用這個方法不是嗎？」

「但是只有一個人可以。」海斗哥彎起嘴一笑：「在這種危險的地方犯案對他有利。這個人不會受到懷疑，而且在綁架案期間，可以製造出在父親眼前行蹤不明、讓父親不得不準備贖金的狀況。」

我說得這麼清楚，連十歲的孩子也聽懂了。

「我哥……」

「沒錯。其實即使沒被綁架，依照遊戲的規則也必須關掉手機電源。不管你父親再怎麼想跟他聯絡，訊號都不通。他可以聯絡營運公司，確認勝琉的所在地。但是勝琉躲了起來，無法確認安危。父親應該會愈來愈不安吧。能從這麼冒險的犯罪行為中獲得利處的，可以說只有勝琉一個人。換句話說，這場綁架都是勝琉的自導自演。」

海斗哥嘴角浮起笑容。

「但是設計了這場假綁架案的勝琉，卻遇到了沒設想到的意外。那就是下手綁架的人把我跟勝琉搞錯了。於是勝琉開始絞盡腦汁想辦法。該立刻停止綁架嗎？不、要是中止一切就功虧一簣。這麼一來等於在我這個第三者面前親自承認自己計畫假綁架。

那麼唯一的選擇就只有強行把『陰錯陽差的綁架』這套劇本演完。得從父親面前消失身影，也必須隱瞞自己平安無事的事實。這時勝琉靈機一動，只要由自己來假扮海斗就行了！」

「喔喔！」我拍了一下：「所以才會被別人叫『海斗』！」

「如果假裝身體不舒服也太明顯。俗語說藏樹於林，要藏起一個玩家就好的地方就是遊戲會場，以玩家身分參加遊戲最不會引起注意。可是勝琉跟我一樣都是特邀玩家，所以他也不能太放鬆。假如特邀玩家解不出問題，不就顯得很不自然嗎？」

「這倒是……」

海斗哥點了好幾次頭。

「不過這下條件就齊備了……假如勝琉真是這樣想的話……呵呵呵，愈來愈有意思了。」

一個人自言自語滔滔不絕的海斗哥，漸漸讓我覺得有點可怕。

「本來說好要在真實的逃脫遊戲裡跟勝琉一決高下，沒想到連現在這局面也得跟勝琉鬥智。我現在可是鬥志高昂啊。」

他話說起來像在開玩笑，可是卻低垂著眼，認真地盯著艙房房門。雖然露出笑臉，但眼睛並沒有在笑。可能正在腦中努力思索該如何逃離這裡吧。

又或者，他正在想該怎麼對哥哥還以顏色。

我實在搞不懂海斗哥在想什麼。

3 第三題

勝琉（兄）上午6點10分

遊戲開始12小時10分鐘

頭好沉。

怎麼就是睡不好。

煩惱來自綁架往奇怪的方向發展，還有我解不出的第三題。

『第三題　謎題就藏在這裡。仔細看。把圈圈放在眼角。假如看到人名，那就是解答。這或許是風土留下的死前訊息，答案近在身邊。』

跟第二題相比，連文體都不一樣了，真氣人。

我把第二題的解答提交到主辦方櫃檯，收到了一張薄紙。那是一張A4大小的描圖紙。邊緣畫著一個小圓，紙張中間散放著四個比這圓形更大一些的×記號。

玩到這個階段，解謎遊戲迷應該都已經知道，所謂「把圈圈放在眼角」的「圈圈」指的就是畫在這張紙邊緣的小圓。因為是描圖紙，可以看得見背面。也就是說，將這張薄紙的「圈圈」「放在」「眼角」，就可以看出名字。

這我當然知道！但是該用哪張紙？就算知道暗號的解法，如果不知道什麼是「鑰匙」也無法前進。

除了限制時間長、容易鬆懈，再加上跟一般逃脫遊戲不同，我無法跟其他參加者討論，只能孤軍奮戰解決問題，也是一大阻礙。

手上的紙我全都試過了。題紙、問卷、證詞表。但沒有一張紙可以呈現出有意義的文字列。船票的尺寸不合。「眼角」。看來得多推敲推敲這兩個字……

我泡了房間裡準備的咖啡，加了大量牛奶和砂糖喝下。

再回頭看看問題——

不只是逃脫遊戲，平常讀書時也經常聽到這句話，聽到耳朵都要長繭了。

這時，我終於發現了線索。

是風土留下的死前訊息！

沒錯。應該注意這個才對。題紙和問卷都不在風土手邊。我拿出現場照片。

結果——有了！

風土手邊只留下一張未完的稿紙。這才是我要找的「鑰匙」。

但「眼角」又是什麼意思？

就在我這麼自問時，視線忍不住被稿紙的格子吸引過去——格眼！要對準格子角落啊！

照片影像太模糊，我決定到案發現場的艙房去實際確認那張稿紙。

下樓前往案發現場，大概因為時間還早，沒什麼人影。說不定大家都已經解完第三題了？只有我一個人落後？可惡，看我馬上追上你們——

想到這裡，我不禁掩住自己的嘴。

我腦中先是一陣茫然，接著差點想嘲笑自己。

——不是熱中投入遊戲的時候吧。

我冷靜下來，重新整理了一下自己身處的狀況。

我現在正在進行綁架計畫。

能不能從那臭老頭手裡拿到錢呢？我能不能離家展開自己的新人生就看這次了。

只要不被注意，悄悄解完這些題目就行了，不需要贏得遊戲，應該說，不能贏。

能解出這個問題當然很值得驕傲，但不能太過著迷。

【圖③】（疊上描圖紙的狀態）

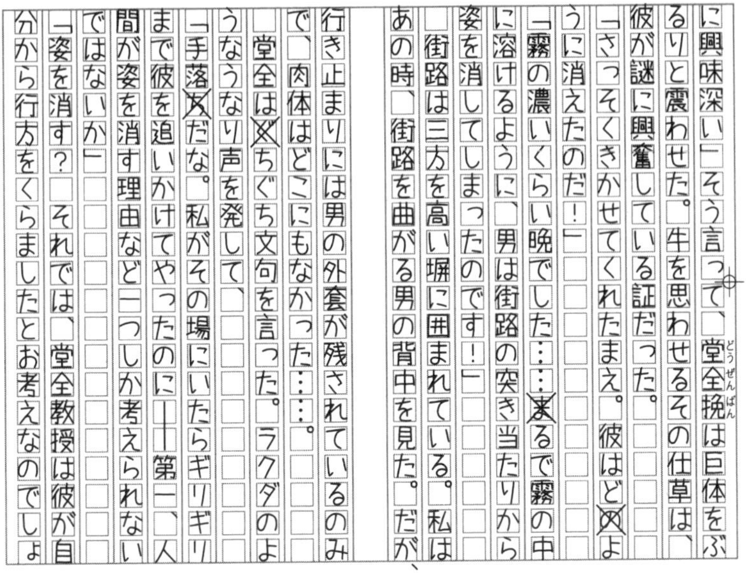
に興味深い」そう言って、堂全挽（どうぜんばん）は巨体をぶるりと震わせた。牛を思わせるその仕草は、彼が謎に興奮している証だった。
「さっそくきかせてくれたまえ。」彼はど☒ように消えたのだ!」
「霧の濃いくらい晩でした……☒るで霧の中に溶けるように、男は街路の突き当たりから姿を消してしまったのです!」
　街路は三方を高い塀に囲まれている。私はあの時、街路を曲がる男の背中を見た。だが、行き止まりには男の外套が残されているのみで、肉体はどこにもなかった……。
　堂全は☒ちぐち文句を言った。ラクダのようなうなり声を発して、
「手落☒だな。私がその場にいたらギリギリまで彼を追いかけてやったのに——第一、人間が姿を消す理由など一つしか考えられないではないか」
「姿を消す?　それでは、堂全教授は彼が自分から行方をくらましたとお考えなのでしょ

我把描圖紙放在稿紙上，稿紙右邊的格眼上已經有個模糊的圓形。看來應該要對準這裡。

【圖③】

標注出的四個發音可以拼出「野間口」這幾個字。

把這篇稿子當成暗號關鍵重新再看一次，會發現有些地方明明可以用漢字表示，例如「暗」這個字，卻刻意以多佔了好幾格的平假名標示，寫法相當不自然。一開始看到稿紙時就應該注意到這一點的。

「原來是這種模式啊。」

走廊外傳來聲音。我走出門

外，又是那兩個大學生正在熱烈討論。他們背心下已經換穿為乾淨的T恤。

「之前都只用A、B、C來稱呼嫌犯。但是卻留下『野間口』這個死前訊息，表示這三個人當中有人是這個名字。可能在劇本裡或者證詞表某處會有他們的名字吧？」

「也不見得是名字啊。假如是死前訊息，留下的也可能是兇手的特徵……」

「野間口，這幾個字除了名字以外還可能有什麼其他意思？」

他們你一言我一語說個沒停，一邊走向大廳去繳交答題用紙。知道其他玩家也在同一個地方遇到困難，讓我安心不少。

繳交答題用紙時，我不經意地問了工作人員：

「現在有多少人交了答案？」

「嗯，大概二十個人吧。測試玩家有一百名，這個人數比預計的少一些，大家晚上的宴會都玩得很開心，真正認真在解謎的人好像不太多。」

對方苦笑了一下。這裡的餐點確實很美味，假如以這個為目標而來，大概也能回本吧。

早上七點。大廳裡已經出現了幾個參加者。很多人手裡拿著果汁或咖啡談笑。人還不多，可能因為還在睡，或者還在餐廳吃早餐。我肚子也有點餓了。

兩個大學生趴在桌上不知在做什麼。

「這是第四題要使用的東西。裡面放的東西都用得上，請小心保管。」好。我接過這個束口袋時，背後那桌大學生大聲叫了起來。

「喂！開什麼玩笑！」

轉過頭，他雙手抱頭，盯著桌面。只見他喃喃地說：

「怎麼會這樣——這樣一來前提都不一樣了啊！」

優琉（弟）上午7點
遊戲開始13小時

我聽到爆炸聲。

嚇到從床上跳起來。難道是兇手回來了？我全身縮了起來。

不知不覺就睡著了。我第一次在船裡睡覺，大概因為搖動的關係，現在頭痛欲裂。幾點了？還有，海斗哥呢——

「啊，抱歉抱歉，嚇到你了吧。」

聽到他滿不在乎的聲音。微微睜開眼，海斗哥正笑著偷瞄我。

「不是啦，我沒想到聲音會這麼大……如果這個聲音或者異常警報可以幫我們找到救兵就好了。啊，你先不要下床，地上很濕。」
「很濕……？」
我看看床下。
「啊……？」
地上一片水。一看之下是淋浴室的水龍頭壞了，不斷吐水出來。水龍頭根部破損，一直流出水。為什麼會變成這個樣子呢——
爆炸？
「我其實已經盡量調整過了。你看，反正手機沒有訊號也派不上用場，我就把它分解了取出電池。用透明膠帶、剪刀，再從電話線裡抽出一條電線，做點小勞作，強制引爆鋰電池。其實只要讓電池裡的分離器無法正常發揮功能就行了。再來就是通電施加負荷，鋰離子就會跟水產生反應。用來破壞水龍頭沒太大問題。」
「引爆……萬一起火怎麼辦？」
「喔！還有這一招呢！如果起火，火災警報器就會啟動呢！」
「不是這個問題……」
我頭愈來愈痛。不行，我完全捉摸不到這個人的思路。
「其實我也想處理得更溫和一點，但是扭開水龍頭等積水實在太慢了。我昨天晚上十二點就轉開水龍頭了，不過深夜兩點時我心想『這樣是來不及的』，就決定弄壞水龍頭讓水流更大一些，結果還是花了太多時間在做勞作。」

海斗哥一派輕鬆地這麼說，眼睛下方可以看見明顯的黑眼圈。

「來不及……？海斗哥……這是什麼意思？」

「啊，你是不是覺得我看起來很奇怪？別擔心別擔心，我熬夜過後都會這樣比較嗨，但我可是很認真的。」

認真？我看看腳邊的水。從淋浴室不斷流出來的水，大概已經將近三公分深。看來他剛剛說從半夜就開始放水這話是真的。是想要用水壓來開門嗎？還是希望有人發現水的異常，來救出我們？

無論如何，竟然想到炸掉水管，他實在太奇怪了。

「海斗哥，我不明白你的意圖，能不能解釋一下？」

「好，那我先問你一個問題。優琉，你覺得從密室逃脫最確實的方法是什麼？」

海斗哥盤腿坐在床上，笑得像個惡作劇的小孩子一樣。我不由得有點生氣。因為我還小所以就沒把我放在眼裡嗎？我最討厭別人這樣看待我了。

「……把門弄壞、強行突破。」

「對，如果可以這確實是最好的方法。但是電池做的炸彈頂多只能炸壞水龍頭，我本來也有點期待爆炸之後可以炸掉淋浴室的牆壁，讓我們從那邊逃脫。但看來火力還不太夠。」

海斗哥的主要目的果然還是在放水。可是這之後的意圖我還是摸不透。

「那，找人從外面幫忙？」

「這也是很好的方法。如果有能連通到外面的管道就可以互相通信，例如排氣管就是一種。不過這個方法我們失敗了。」

我想起紙條被勝琉哥捏成團，還有兩個男人聽到我們求助卻以為是遊戲演出手法那些事。

當然，如果有能逃離這間密室的魔法不知該有多好……只可惜我想不到這種魔法。

「放棄了嗎？那我要說出答案了喔。」

海斗哥得意地笑了起來。

「那就是讓把我們關在這裡的人自己打開門。」

「……啊？」

這的確是最單純的答案。

「不……這不可能啦。」

我搖搖頭。因為答案實在太荒謬，我可能忍不住笑了出來。

「綁架犯他們是在哥哥命令之下把我們關在這裡，如果哥哥沒有下令，他們不可能輕舉妄動。再說，他們也沒必要打開這裡的門，只要『哥哥』不讓爹地發現就行了，他們沒必要來特地確認什麼啊。」

「但是我可以施魔法，讓他們超想打開這個房間的魔法。」

海斗哥的笑裡充滿自信。我愈來愈不懂這個人。可能因為熬了夜，他現在大概很不正常吧。

「線索就在這個遊戲裡。」

「遊戲？」

「是啊。我已經知道這個遊戲的設計了。」

「你說什麼？」

我直盯著海斗哥的臉看。他得意的表情上一絲猶豫都沒有。

「這怎麼可能！」我說。

「你待在這間房間裡，怎麼可能解開遊戲的謎！我們手邊只有這張題紙耶！線索藏在船裡，無法看到那些線索的我們，要怎麼解謎！」

我這樣奮力反駁大概看起來很好笑吧，海斗哥往後仰，笑了起來。我看了很火大。

「你說得沒錯。我當然沒辦法看穿一切。確實沒辦法知道每個問題的答案。但我可以知道這個事件最後問題——『兇手是誰？』，還有藏在這個遊戲背後的大機關。」
「那怎麼可能——」
「我手上有線索。最大的線索就是這張題紙。還有呢……被設定為命案現場的房間前那條走廊，你看過了嗎？」
「稍微……被關在這裡之前，我在船內散步了一會兒。」
「那裡有一塊很大的日曬痕跡對吧。那並不是自然出現的。是刻意在牆壁上塗成有日曬痕跡的樣子。」
「啊？」
我眨了眨眼。
「為什麼要做這種事……」
「那才是通往大機關的路徑。說是大機關，其實都藏在這種小地方。啊，對了，其中有一題我也解出來了。」
海斗哥取出一張題紙。
『第四題　打開袋子，讓內容物恢復原狀。眼見為真。』

「你解出這個問題了？但是我們手裡連他所謂的『袋子』都沒有啊！這樣你要怎麼解題？」

「我猜袋子裡放的應該是幾片塑膠板，把這些塑膠板像拼圖一樣組裝起來就完成了。而那些塑膠板應該是重現了原本在現場的『某個東西』。遊戲的設定是這樣的：這『某個東西』在風土被殺時存在於現場，風土用自己的血跡留下線索——也就是所謂的死前訊息。從題目看來，第三題應該也是類似的問法吧。」

「死前訊息……？所以海斗哥所說的『某樣東西』上，寫了兇手的名字，玩家完成拼圖後就可以知道真兇……？」

「說對了一半，但也錯了一半。他所寫的確實是名字，但並不是兇手的名字。」

這種吊人胃口的說法讓我火冒三丈，忍不住想對他大吼。

這時海斗哥露出得意的微笑，說出了答案。

「上面寫的，是『櫻木』。」

4 第四題

勝琉（兄）上午8點30分
遊戲開始14小時30分鐘

「這是什麼意思？為什麼是『櫻木』！」

大廳一片鼓譟。吃完早餐也解完第四題的玩家開始熱烈討論。包括那兩個大學生、老練的特邀玩家，還有原本只是好玩解解題現在卻完全沉浸其中的贊助商們。

「會不會是問題出錯了？」「不，都到了這個地步怎麼可能有這種失誤。」「如果組合兩套，說不定會出現其他名字？」「有可能。借我一下，我來試試。」「不行，我們這桌已經試了三套。結果都一樣。」「如果用立體方式組合呢？」「確實是常見的手法，來試試吧。」

即使是初次見面的玩家也都毫無隔閡地激烈討論。明明是彼此爭奪獎品的關係，但沉迷在謎題中的他們，早已不計得失，單純樂在其中。

主辦方看來也很滿意，工作人員偶爾會出現，觀察大廳的狀況。

「我去外面吹吹風……」

我來到最上層甲板。我現在很想找人說說話，但又不方便參加討論引人注目。靠在柵欄邊望著海，天氣很晴朗，海風吹來相當舒適，把睡眠不足的困倦都吹跑了。我深呼吸一口氣。腦中忽然掠過被關在黑暗艙房的弟弟和海斗的臉。只有我沉浸在這種舒暢感，行嗎？心裡確實有些罪惡感。

「櫻木……」

當然，那就是這次遊戲主角，名偵探櫻木的名字。也就是現在所有玩家扮演的人物。為什麼這時會出現這個名字？

可能有兩種解釋。

第一，如同字面，指的就是名偵探櫻木。

另外一個可能，那就是ＡＢＣ這幾個嫌犯中，有人本名叫做「櫻木」。

應該已經有玩家注意到後者的可能性了吧。假如沒出現有力的答案，就表示這個可能性很低。再說，如果是這樣的解答，只需要找出名字，解謎過程一點也不有趣。

這麼說來，這裡所指的果然還是名偵探櫻木。

但這意味著什麼？玩家就是兇手？這就是遊戲設下的大機關？哪裡有這條伏筆？

我將身體從甲板的柵欄往外探，望著海面。

我試著告訴自己，我可是個綁架犯，想提振自己的精神，但眼前的謎實在太讓我好奇，遲遲無法專注。至少告訴我答案是什麼吧……

海浪亮燦燦反射著太陽光。

就在這個瞬間！靈感掠過我腦中！

眼前的光景還有海斗寫的紙條！那麼明顯的線索！

這設計也太老套了！

可是這麼一來一切就都連起來了！為什麼會出現「櫻木」這個名字？為什麼要讓玩家扮成櫻木的樣子？為什麼要在第三甲板設置禁止進入的房間？

「鏡子……！」

我對著大海低聲這麼說。滿足地深吸一口氣。

謎題都解開了。再也不用擔心。

最後的問題我並沒有投票。

因為我被綁架，應該無法回答問題……

我不需要獎品，也不要喝采。我解出所有的謎題。只要能嘗到這種成就感，那麼只拿到一個獎盃也無所謂。

那老頭子，應該就快要送贖金來給我了。

5 最後問題

勝琉（兄）下午4點
遊戲結束後

所有玩家都聚在大廳。

大廳裡一片嘈雜，很是熱鬧。有解出謎的人、沒解出來的人，大家交換著感想。投票時間已經結束，也有人故意說出線索挑釁其他玩家。

大廳的燈光突然聚焦。

前方螢幕開始投影。看來解決篇要揭幕了。

影像拍的是大廳。田島刑警、所有嫌犯、相關人員都集結在大廳。

『櫻木！我依照你說的把大家都找來了。你解出謎底了嗎？兇手到底是誰？』

田島刑警逼近螢幕。

『是嗎……終於露出馬腳了呢。快上！』

鏡頭忽然激烈地搖晃。應該是想表現玩家視點的人物被捕吧。還沒發現正確答案的人一片喧鬧。

『哎呀，還真是場無妄之災呢。』

「這聲音是……！」可以看到現場女性紛紛有所反應。

螢幕上大大映出演員安齋英俊的臉，也就是在連續劇中扮演櫻木的男人。大廳又是一片嬌聲尖叫。

『差點敗在你手裡，竟然敢利用我來殺人。』

安齋得意地微笑。

『真兇就是你。』

安齋，也就是名偵探櫻木面對螢幕，指向位於大廳的我們。

優琉（弟）上午8點30分
遊戲開始14小時30分鐘

「鏡子……？」

我低聲重複，但還是無法理解。

就在我們悠哉解謎的這段期間，破裂的水管依然不斷噴出水來。為了不讓腳碰到水，我也盤腿坐在床上。

「對，鏡子。殺人現場前的日曬痕跡，就是原本掛了鏡子的位置。被害人風土在鏡子上寫下兇手的特徵。所以兇手必須要打碎鏡子丟掉……這個案子的劇本大概就是這樣吧。」

「等一等。你是說，兇手就是……」

「真兇就是玩家自己。正確答案是『扮成櫻木的我』。」

我嚥下一口口水。

「這個遊戲刻意讓玩家扮成櫻木，一開始就很可疑。影片裡讓刑警稱呼『櫻木先生』，還特地強調他是變裝名人，遊戲一開始，我就懷疑這當中可能有問題。」

「喔……原來習慣玩逃脫遊戲，會注意到這麼多細節啊。」

「劇本應該是這樣的。真兇為了接近風土奪走原稿，先搶走了跟風土交情好的櫻木衣服。可能認為櫻木的帽子剛好可以遮住臉吧。兇手先攻擊櫻木、搶走他的衣服自己穿上。然後把真正的櫻木關在我們所在的這間房間裡。」

「啊？」

「我是說故事設定啦。你看，地圖上把我們現在這間房間打了個大叉不是嗎？那就是櫻木被關在這裡的伏筆啊。」

「好小的細節啊……」

海斗哥大概也這麼想，他苦笑著說：

「好，真兇殺了風土，拿到他要的未發表原稿。但是在他打算下船時卻發生了沒料想到的意外。他被田島刑警發現了。」

「就是遊戲開頭的那段影片對吧！」

海斗哥咧嘴笑著點點頭。

「那確實是很不錯的細緻伏筆。當時後輩刑警會田說櫻木『跟平時感覺不太一樣』。被田島刑警發現的真兇很緊張，再加上屍體已經被發現，於是他建議一起尋找兇手！假如逃走就會被懷疑，真兇立刻決定假扮偵探。而從這裡開始，才是這個遊戲最重要的精髓。」

海斗哥攤開四張題紙。

「真兇，也就是玩家必須要解開四道題目，進行調查。可是在這裡出現的答案其實都是假的。真兇為了不讓大家知道真相，提出了假答案。」

「什麼！但這種機關難度很高吧……？」

海斗哥得意地笑著，誇張地搖搖頭。

「其實也不見得。因為第四題的答案是『櫻木』，這一條是真的線索，那麼主辦方只要針對第一題到第三題各準備兩套答案就行了。而引導到另一個答案的共通『鑰匙』就是——」

聽到這裡我才終於了解。

「就是鏡子……」

勝琉（兄）下午4點20分
遊戲結束後

「確實被你擺了一道。」

安齋，也就是櫻木繼續說明。

『你不僅搶走我的衣服犯下殺人罪，還運用偵探的立場擾亂偵查。你對犯案時刻、目擊證詞、留在現場的稿紙訊息這三題都準備了錯誤的答案。這一切都是為了不讓調查的注意力放到你身上。而找出真相最重要的關鍵，就是鏡子。』

櫻木從大廳走到案發現場前的走廊上，他指著走廊上日曬的痕跡。

『這裡原本設置了一片留有用血跡寫下「櫻木」的鏡子，但你打碎了鏡子、把碎片帶走，也就是說，案發當時這裡還掛著鏡子。假如以掛著鏡子為前提來思考，那麼犯案時間跟目擊者證詞的意義就大為不同。』

櫻木手上出現了時鐘的鐘面。雖然是簡陋的電腦動畫，可能因為太過亢奮，現場所有人都很認真地觀看，沒有人笑。【圖①B】

『你說，從血流的方向判斷，時鐘應該指著四點四十分，犯案時間其實是四點四十分。這個時間你在聽演奏會有不在場證明，而ABC這三個人並沒有不在場證明。但是這張照片，其實是鏡子裡的映像。』

他將手上的鐘面左右反轉。

「真正的犯案時間是七點二十分。這個時間，ABC一起出席了晚餐餐會，都有不在場證明，但你卻沒有吃晚餐，在自己房裡睡覺對吧？」

他繼續往下說。在他臉旁邊出現了圖面和四個人的證詞。

『接著是目擊證詞。這四個人當中看起來是甲在說謊。因為甲的位置應該看不見逃走的兇手。不過如果這裡有面鏡子又如何呢？』

圖面上用紅色標示出鏡子的位置。【圖②B】

「甲的位置確實可以看見兇手逃走時的身影。反過來說，從乙的位置一直可以看見身後案發現場的房門。不管是門打開或者兇手走出來當然都能看見。這麼一來，不

【圖①B】

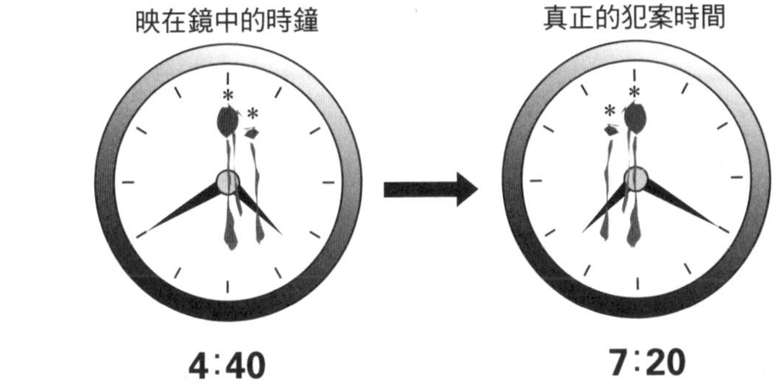

【圖②B】

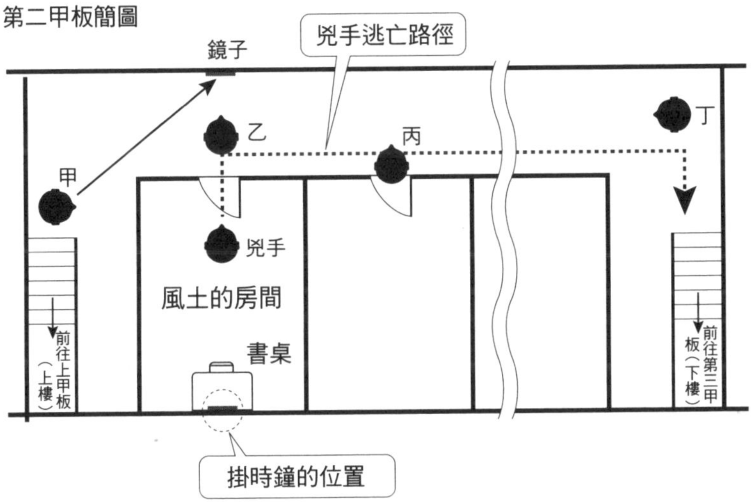

・甲可以看到兇手映在鏡中的身影。 → 甲為真
・依照丙、丁的證詞，逃亡路線如圖，丙、丁的證詞並無矛盾。
・乙說因為「兇手從後面撞到」所以「真的嚇了一跳」，但當兇手打開門的那一瞬間就可以透過鏡子看到。
→ 乙的發言為假

「乙」是兇手的共犯。

【圖③B】（將描圖紙上下反轉的狀態）

×＝原本位置　✖＝上下顛倒時的位置

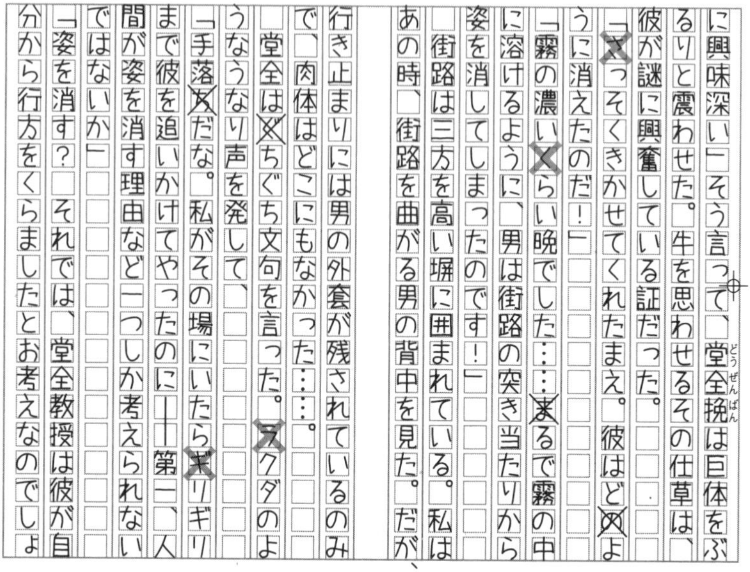
に興味深い」そう言って、堂全挽は巨体をぶ
るりと震わせた。牛を思わせるその仕草は、
彼が謎に興奮している証だった。
「さっそくきかせてくれたまえ。彼はどのよ
うに消えたのだ！」
「霧の濃いくらい晩でした……まるで霧の中
に溶けるように、男は街路の突き当たりから
姿を消してしまったのです！」
街路は三方を高い塀に囲まれている。私は
あの時、街路を曲がる男の背中を見た。だが、
行き止まりには男の外套が残されているのみ
で、肉体はどこにもなかった……。
堂全はぐちぐち文句を言った。ラクダのよ
うなうなり声を発して、
「手落ちだな。私がその場にいたらギリギリ
まで彼を追いかけてやったのに――第一、人
間が姿を消す理由など一つしか考えられない
ではないか」
「姿を消す？　それでは、堂全教授は彼が自
分から行方をくらましたとお考えなのでしょ

管是『兇手從後面撞到我』還有『嚇了一跳』，都不可能發生吧？」

我聽到背後有人低聲喃喃自語：「我怎麼沒發現呢……」

『最後是關於稿紙上的訊息。這是當風土看到你的時候，一時興起覺得好玩在自己原稿上做了記號。他這個人本來就愛玩暗號遊戲，他在原稿裡發現了『櫻木』這幾個字的發音，覺得有趣，就在描圖紙上畫上了×。』

螢幕上出現反過來的描圖紙。出現的文字是「櫻木」的拼音。【圖③B】

『你在現場發現了這一點，感到很害怕，情急之下將紙張上下顛倒。對，就像映在鏡中的景物一樣。這時宛如神助，出現了『野間口』這幾個字。這剛好是C婚前的舊姓，你發現可以嫁禍給她。所以你並沒有丟掉描圖紙，反而利用來替自己的假推理作證。所謂聰明反被聰明誤，就是指這麼回事吧。』

老實說，這是幾重巧合相疊之下出現的問題，其實並不理想。稿紙上為了配合文字機關的寫法也有多處明顯的不自然。作為遊戲來說或許有趣，可是有兩個死前訊息這個設計可不怎麼高明。

我得意地暗自在心中品評起遊戲。

優琉（弟）上午8點40分
遊戲開始14小時40分鐘

「我會想到鏡子，主要是因為走廊牆壁上的日曬痕跡。但是第一題到第四題的答題用紙上也留下了很重要的線索。」

海斗哥要我拿出答題用紙。左下角有一條注意事項：「若寫錯或污損將再次發放，還請洽詢工作人員。」

「除了這條平常的注意事項，其他地方是正常的白紙啊……難道火烤之後會出現什麼字跡嗎？」

「關鍵就在這條注意事項上。」

「啊？什麼意思？」

「光看字面是不會發現的。就像你說的，這看起來的確是很平常的注意事項。但是記不記得，你的果汁之前潑到我的套組上？」

「喔喔……記得，確實有過這件事。」

「當時工作人員把所有用紙都回收了，包含問卷在內。聽好了，他們連沒有寫注意事項的問卷也都回收了。」

「……啊！」

我拍了一下手。

「也就是說不管有沒有這條注意事項，都再次發放了所有紙張！」

「沒錯。這就表示其實根本不用特地寫這條注意事項，但卻不得不寫，這其中一定有什麼意義。任何事都會有原因。於是我推測，『再次發放』——這一定是遊戲的關鍵。也就是說，這個遊戲最重要的意義，就是『同樣問題可以解答兩次』。逃脫遊戲迷可是不會放過任何蛛絲馬跡的。」
我覺得他最後這句話有點自虐的味道。
「主辦方說明，第一題到第四題可以提出多種解答，但最後問題只有一次機會。另外還說到解答完第一題可以拿到第二題的線索。
也就是說提出第一題的解答A，就能解答第二題。但這只意味著可以拿到線索，並不能拿到5分。假如發現這個設計，就可以再次去申請答題用紙，提交正確的答案。這時才能真正拿到5分。答題用紙上都印好名字，是為了方便主辦單位管理這些再次提交的解答。」
「哇……光是聽就覺得好複雜喔。」
「再次發放答題用紙，還有被藏起來的鏡子。到這裡應該已經能看出這遊戲的構造。也就是設下機關，運用鏡子來反轉各提問的意義。第一題的照片事先放在套組中，也有助於我的推理。」
好。海斗哥在這裡又笑了起來。
「遊戲的秘密說明到這裡。接著要來說說我的『魔法』。」
這句話忽然把我拉回現實，被炸壞的水管流出的水聲愈來愈大。
「發現鏡子的機關後，我想到要把這件事告訴勝琉。我想，只要給他線索，他一定可以發現全部真相。」

「什麼意思？」

「還記得那張紙條嗎？」

「竟然會被關在這房間裡，真是萬萬沒想到。你這小子快點找到我們、放我們出去。

自行逃脫很困難，沒時間了。這樣下去我們會被殺。我自己都覺得說這些很沒用，但我相信你會來，我等你。」

當時丟出房外求救的紙條，但是哥哥卻將紙條揉成一團——想到這裡我頓時一驚。

「字首……」

「很簡單的設計吧？『鏡子』『自己』。這張紙條有多奇怪的句子，又在奇怪的地方斷句，我想他應該會發現才對。只要給他鏡子和兇手的線索，他一定很快就能找出真相。」

「但是你為什麼要這麼做？」

「那還用說嗎？」
海斗哥的笑，看來就像惡魔的笑容。

6 結果發表

勝琉（兄）下午4點50分

解決篇影片播映完後，身穿燕尾服的主持人再次出現宣布：「那麼我們即將開始表揚成績優秀的參加者！」
我輕輕吐出一口氣。反正遊戲結束了。打開手機電源，再十分鐘就是收受贖金的時間了。父親也差不多要投降，買下我希望他買的虛擬貨幣了吧。
我止不住想竊笑。
沒錯，最後贏的是我！
「最優秀的金獎有四位！他們都完美回答了所有題目。首先，最早答出最後問題的是這一位！雖然沒有答出第一題到第四題，但是最先答出最後一個問題，也寫下許多相關線索。為了讚頌這出色的速度跟敏銳，最後這一題我們給滿分80分！」

喔喔喔！會場一片譁然。

男人深吸一口氣，大聲說出：

「須崎勝琉！」

我的腦袋一片空白。

我的名字？

為什麼叫出我的名字？

聚光燈打在我身上，我身體開始顫抖。不！我不能這麼張揚，不能讓人看到我平安無事的樣子。不要！不要把燈打在我身上——

「快上來吧，須崎先生。」某位工作人員正在對著手機說話。「最後問題他也投票了，我想應該很平安，先跟您報告一聲……是的，是第一名。遊戲開始後不到兩個小時就提交完全正確的答案呢。第一題到第四題完全沒有回答，完全捨棄那20分，令公子的作風實在是太大膽了。腦筋真好呢。」

什麼？

不到兩小時？

當然，那答案並不是我投下的。不可能。這太荒謬了。

兩小時，也就是海斗還沒被關起來的時候？開玩笑！開什麼玩笑！我被設計了嗎？但他是怎麼辦到的？

攝影機的鎂光燈對著我不斷閃爍。

許多有錢人都聚集在這裡，都是爹地的朋友。現在大家應該紛紛打電話或者傳訊息給爹地祝賀他吧。

不要！不要！不要！

我的計畫那麼完美！雖然遇到了意外，我還是巧妙地克服，重新寫了一齣綁錯人的新劇本。金獎？我才不稀罕這種東西。這種破獎——

大廳裡的人都很興奮，大家都不懂我的心情，紛紛拍著我肩膀、大聲叫著我的名字。

我頹然無力。

優琉（弟）下午4點53分

房間外可以聽到啪噠啪噠的慌忙腳步聲。很多腳步聲。外面還有慌張搬除障礙物的噪音。我忍不住縮起身子。

「你看，魔法生效了吧？」

海斗哥抱著我的身體，對我眨眨眼。他手裡握著從牆壁拉出的電話線和電線束。在他暴舉之下放出來的水就快淹到床上來。不過海斗哥的計算似乎很完美，就在水即將淹到坐在床上我們的腳邊時，「魔法」生效了。

這扇朝外開的門打開。

房間的燈光照射下，我們看見三個綁架犯。面對這些彪形大漢，沒有武器的我們根本無從對抗。他們都做船員打扮——穿著露出腳的短褲。

水勢猛烈地往開啟的門外沖。「哇！」三人大叫一聲，無法前進。

這個瞬間，海斗哥一邊說：「謝謝你們幫忙開門！」一邊把電線束丟下。

電線束沉入水中，啪啪發出火花。

三個人身體一彈，紛紛倒下濺起大片水花。

「……好像太強了一點。不過總比力道不夠好。」

水已經溢到走廊上，室內只剩下約兩公分的水深。海斗哥穿好膠底鞋下了床，抱著我離開房間。途中還用腳碰了碰那些男人，看他們不住發出呻吟，這才安心地奔出房間。

「你看，我說得沒錯吧？」

海斗哥把我放回地下，得意地笑著。

「讓勝琉拿到第一名——那就是我的『魔法』！只要勝琉站上舞台，就能證明他平安無事，假綁架的劇本也不再成立。更重要的是，那些兇手將會發現自己的失誤。」

「兇手應該很不安吧，他們可能以為被哥騙了，總之，如果不親眼確認一下房間裡的人，就無法放心……」

「難道綁錯人了？那我們綁了誰？他們一定很好奇吧。這就是C級艙房發揮密室效果的時候了。正因為這是個完美的密室，『魔法』才能發揮效果。他們想確認房中的狀況，除了開門之外沒有其他方法。這樣我們就可以確保逃脫的路線。」

他搖搖頭。

「但畢竟我們手無寸鐵，要是沒有能對抗他們的武器，就無法成功逃脫。這時我想到的就是『電』。船員都穿著短褲、露出雙腿。如果通電想必可以讓他們昏厥。所以我才故意讓室內積水，可是原本的方法實在太慢了，雖然炸掉水管是有點做過頭了啦。」

海斗哥難為情地苦笑。當時我一心覺得「海斗哥腦子壞掉了」，但他的每一個行動背後都有意義。我不禁對他另眼相看。

「哈哈哈。看來勝琉那傢伙，解出謎題之後果然難以抵抗提交答案的誘惑。他這個人很單純，真的掉進了圈套。哈哈哈！」

「就、就是啊。」

我掩著嘴角，低下頭。

我和海斗哥來到上甲板的大廳。

哥哥人還站在表揚台上，滿臉鐵青浮現著僵硬的笑容，一邊揮著手。其他提交完全正確答案的還有三名，是整體的百分之四。

「不過這還真是……」

在我們前方兩個看似大學生的人正在討論。

「你注意到最後那個了嗎？用船票投票就等於失去資格那個規則？」

「當然沒有啊，我真的把兇手名字跟理由寫在船票後面。明明其他答案都答對了，卻只能拿到銅獎。不過拿到銅獎的有四十五個人，感覺我成績也不算太差。」

「一開始那個刑警確實說過：『我絕對不會讓兇手下這艘船！千萬不能讓兇手下船！』會田刑警下船時也把船票丟回箱子裡了。那其實就是在暗示投入票券等於下船這個背後的規則呢。」

「什麼啊，我沒看到這一段。啊啊，等到遊戲正式釋出再來一次好了。這裡東西好吃，泳池也很好玩……」

聽著他們對話的海斗哥看著我。

「原來如此……看來不能寫在船票上、要寫在問卷上才是正確答案。難怪填寫的欄位那麼大。」

「喔喔……原來是這樣啊。你這麼一說我才想到，連問卷上都印了名字，確實很奇怪。」

「嗯，那是一條線索。但勝琉既然拿了第一，這個地方應該是他自己看出來的吧。真了不起，不愧是我的好對手。想得真周密。」

那兩個大學生又聊了起來。

「不過那應該真的是伏筆吧？就是C13號艙房傳出的『救命』聲。那一定是在暗示櫻木被關在裡面。」

「喔，原來是這種設計啊。」這個人轉頭對背後的工作人員說：「你們這個遊戲設計得真的很巧妙耶。」

工作人員一臉不解。

「聲音……？沒有啊，遊戲裡沒有準備這個……」

「啊？」

「咦？」

兩個大學生面面相覷。

「喂喂喂，不會吧不會吧，等一等。」

「那會是什麼……難道真的見鬼了？」

兩人僵硬地互看了一陣子，然後像被火燙到一樣「哇！」地大叫一聲跑出大廳。

啊，這樣不行啦。還是去外面吹吹風，冷靜一下比較好。

被丟在身後的工作人員喃喃自語：「聲音……？說不定是條不錯的伏筆呢。假如當成是我的點子，公司會不會給我加薪……」很快就開始打起如意算盤。

大廳的燈再次暗下，又出現了影片。

「殺青了！各位辛苦了！」

放鬆的話聲響起。飾演櫻木、田島、會田這些演員各自向彼此問候。是幕後花絮嗎？現場一陣騷動。攝影機下到B級艙房，接近橫躺在地的屍體。

『殺青了喔！』飾演田島的演員說道：『真的辛苦你了！』

『嗯……喔！』

聽到那聲音的瞬間，我不自覺地驚嘆了一聲「啊？」

飾演屍體的男人起身。

「不會吧！」

「不不不，這也太豪華了吧！」

大廳再次包圍在一陣興奮中。

這也難怪，因為這個男人就是今年高齡八十歲的小說家綠川史郎——創作出名偵探櫻木系列的作家本人。

『各位好，我是綠川史郎。這次的腳本，各位還喜歡嗎？過去我在紙上殺了不少人，不過這還是第一次體驗自己被殺。』

『但是難得請到綠川先生，只飾演屍體未免也……』

『喔？是嗎？嗯，好吧，那我現在就來見見各位吧。』

大廳爆出熱烈歡聲，綠川粉和櫻木粉還有最愛驚喜的逃脫遊戲迷，都同樣躍入了一片狂熱的興奮之海中。

「好的，各位來賓。」舞台上的燕尾服男人說：「我前面提過，希望各位能在答題用紙——也就是問卷上『盡量寫上自己發現的大小細節』。沒有錯，其實這次有一位來賓看穿了飾演被害人的就是綠川先生！我們要贈送給這位來賓『綠川特別獎』，還有綠川先生的親筆簽名跟紀念品！」

聚光燈照到的是一位年輕女性，她身上穿著綠川作家生活五十週年的紀念T恤，包包上別了大量徽章。她激動得快掉下眼淚。既然是這麼忠實的粉絲，也難怪會想哭。

「哇，真厲害，優琉。這個遊戲內容好豐富啊。我們就沒能看出這一點呢。」

跟徹底沉浸在逃脫遊戲這熱鬧氣息中的海斗哥說話，我也漸漸累了。從舞台上走下來的哥哥來到我面前。

他一看到海斗哥，就露出惡狠狠的表情。

兩人在大廳裡對峙，無視於正在為那綠川女粉絲送上喝采的眾多玩家。

海斗哥撇著嘴，傲然一笑。

「呦，看來這場遊戲是你贏了。最優秀獎呢，恭喜你啊。」

哥哥回應他的笑容相當僵硬。

「……嗯，能贏你我真是高興得不得了。難得有這個機會，我送你個東西吧。想要什麼？」

哥哥也很努力，為了隱瞞自己策劃的假綁架，他一定很想封住海斗哥的口吧。

「我想想啊。樓下有間艙房被我搞砸了，如果你能幫忙修理就太感謝了。憑你家的財力，應該是小問題吧？不然也可以當作是你弄壞的。」

海斗哥伸出手。

海斗哥這一點還挺了不起的。他的意思是，這次可以當作哥哥確實被綁架了。哥哥用計逃出那個房間，然後也成功站上了表彰台。這麼一來可以應付過父親，還能扮演擊退惡人的英雄。

哥哥滿臉都是對海斗哥的憎恨和被擺了一道的不甘，但還是握住了海斗哥伸出的手，跟他緊緊相握。

「成交。」

「好，以後我們還要繼續好好相處喔。」

海斗哥這麼說，大概是想表現出他的寬宏大量吧。哥哥的太陽穴附近青筋畢露。明明拿了最優秀獎，怎麼臉色還這麼難看呢。

舞台上的綠川史郎威風凜凜，說起關於這個遊戲的想法。大廳中籠罩在如雷掌聲中，眼看著這次的試玩活動即將在這盛況下告終。

在這氣氛當中，彷彿只有我們三個人不屬於那個世界。

這兩個人，今後大概也會繼續這樣互爭高下吧。

……海斗你幹得真不錯，超乎我的期待。當然，弄壞水管這一點有點做過火了。

聽到那句話我忍不住想笑。

——哈哈哈。看來勝琉那傢伙，解出謎題之後果然難以抵抗提交答案的誘惑。他這個人很單純，真的掉進了圈套。哈哈哈！

我摀住竊笑的嘴角，費了好大的勁才遮掩住。

怎麼可能嘛。

我哥也不是笨蛋，他的第一要務是不能太張揚，當然不會提交答案。

到了最後關頭，海斗哥還是百密一疏。

真的太慶幸了。

幸好我沒有依賴其他人，先用哥哥的名字交出了解答——

7 後台休息室

優琉（弟）十八歲

咦？益田你幹嘛呢，眼睛瞪這麼大！

是你先開始舊事重提的吧。

都已經八年了，時間過得真快啊。這時候跟我說起這件事，大概是受不了良心的苛責吧？不過不要緊的，我一直都很感謝你啊。今天也是、當時也是。如果沒有益田你的幫忙，我哥也不敢執行那個計畫。

啊，抱歉抱歉。本來在回顧八年前的那件事，看到我忽然態度變了，你是不是嚇了一跳？

簡單地說，八年前讓哥哥贏得遊戲、毀了綁架事件的人就是我。而且我讓哥以為是海斗哥攪的局，避免他懷疑到我身上。

看來你還不懂。

那我就慢慢解釋給你聽吧。

海斗哥得意洋洋解釋的遊戲機關，其實我老早就看出來了。答題用紙上的注意事項、走廊上的日曬痕跡，還有那些誇張又老土的服裝！都太明顯了吧。大費周章只為了完成這種設定，做得這麼明顯真是要笑掉我大牙。

聽到遊戲規則說明時竟然還不懂，你不覺得很不可思議嗎？不，我本來就很擅長玩這種遊戲。這你也很清楚吧？

畢竟受邀參加的特邀玩家，其實是我。

第一次跟海斗哥見面時，原本直打量我刺繡帽子的哥哥突然戴上了，嚇了我一跳。他應該是看到海斗哥是特邀玩家，起了競爭意識吧。所以才搶走了我難得拿到的特邀玩家帽子。我哥這個人就是有點愛面子。

不過當時我立刻心想：「剛好，可以好好利用這一點！」多虧這樣，海斗哥並沒有懷疑我。這麼一來他們就不會發現我其實很擅長玩逃脫遊戲，當時腦袋就比我哥跟海斗哥靈光了。

這樣剛剛好。我也有我的盤算。

對，我的盤算就是要阻止哥的假綁架。

我一開始就知道哥哥打算利用這次遊戲策劃一場假綁架，我也知道益田你跟這件事有關。

可是我並不希望他這麼做。萬一哥離開這個家，叫我以後一個人怎麼繼續在那個家生活？根本沒有我容身之處。

爸早就看出我比哥哥聰明，希望我將來能繼承公司，哥哥長期忍受不被爸媽看重的孤獨和鬱悶，一直想逃離那個家。

可是就算要離家，我也希望他能等到我能自立之後再走。萬一哥哥搶先一步離開，我就得被迫繼承家業，一輩子都離不開這個家。這我可受不了。

只不過比我早生幾年，憑什麼可以這樣任意妄為？

我決定要徹底干擾他的計畫。

我的劇本是這樣寫的：先讓綁架集團「誤抓」海斗哥跟我，把哥哥孤立在遊戲會場。然後讓哥哥贏得第一，一切暴露在眾人面前！完美！而且充滿戲劇性！非常符合我的品味。

為此，需要先完成幾個步驟：

1. 為了破壞哥的綁架計畫，先設計假綁架。

2. 讓哥誤以為海斗哥是幕後黑手，不讓哥懷疑我。

3. 同時，也不能讓海斗哥懷疑我。

4. 讓哥贏得第一，站上表彰台。

「誤抓」這件事並不難。哥跟海斗哥接觸後，我一直緊跟在海斗哥身邊。被船員襲擊時，我故意做出讓船員誤會的行動。多虧了那些土氣的服裝，可以用帽子遮擋住臉。

我本來就知道會被關起來，所以口袋裡塞了很多巧克力棒和堅果、餅乾，當時本來擔心會不會被懷疑，幸好海斗哥夠遲鈍。

再加上海斗哥這個人很容易被影響，要實現2、讓他成為幕後黑手這一點也很簡單。當他自己留下藏有暗號的紙條時，我開心得都想跳起來了。

我刻意在海斗哥和哥哥都在的時候打翻果汁，故意讓他們確認答題用紙可以「再次發放」，這一招不得不佩服我自己。不僅可以給海斗哥解題的線索，也讓我哥誤以為『海斗就是當時識破我的』。這真是一條很有效的伏筆。

最困難的就是3，如何不讓海斗哥起疑了吧。當海斗哥自信滿滿地解釋時，我要一直裝作第一次知道這些實在很累。再加上海斗哥喜歡故弄玄虛，每次等他刻意把事情簡單分解到「連十歲小孩都能聽懂」，真的很辛苦。有好幾次我都想脫口而出：「這種事我早知道了啦！」

當然，從「密室」逃脫的魔法等等這些我沒料想到的部分確實讓我很驚訝。不過他做法實在很亂來。當時我一度很緊張，以為自己可能找來一個不妙的傢伙，但沒想到海斗哥也挺有兩把刷子，佩服佩服。

最後一件事，就是要讓「哥哥贏得第一」。如果等到綁架就來不及了。不過我在看開場影片時就已經看穿了遊戲的機關，所以只需要在被綁架之前，用哥哥的名字寫下最後問題的答案投票就行了。說明遊戲規則時提過，最後問題的投票會視較早投入的為有效，就算哥哥之後投了票也不會有問題。

最後問題的配分是80分。但是我想對於壓倒性領先提早回答的解答，主辦單位應該也不會忽視。畢竟第一題到第四題我手上沒有線索，所以乾脆果斷放棄。當哥哥僅憑最後問題就順利獲得金獎時，我忍不住想大聲叫好。

我預測到哥哥不會有機會確認自己的投票用紙，因為我知道他會假扮海斗哥的身分，他會重新申請海斗哥的答題用紙來玩遊戲，把自己的用紙藏在房間裡不讓人發現。

這麼一來他根本不會發現吧。

其實他的答題用紙早已不在房裡。
這就是我設計的全貌。
在我進入密室時，一切就已經結束了。

好，往事就說到這裡吧，我也該走了。
益田，這次真的很感謝你，幫我處理留學手續，還準備好了那邊的房子。從小你就一直很照顧我。離家之前，能在最後一天跟你聊這些往事我真的很開心。
啊，當初在船上實在太順利了。我的人生從此變得開闊。這是我自己的人生！我的自由人生！
爸一定很失望吧。本來想培養我為接班人。不過別看哥哥那個樣子，他其實也很認真的，不管怎麼樣，應該還是能當個好老闆。我覺得這對哥來說應該是最好的結局。爸最後應該也不會有太多不滿吧？
你看，我跟哥哥不一樣，我可是連離家後家裡的事都考慮到了呢。
我真是個重情義的兒子，不覺得嗎？

後話

初次見面，或者好久不見。我是阿津川辰海。

這是我的第一本作品集。

本來想說這是短篇集，但每篇作品以四百字稿紙來換算也差不多有百張、甚至更多。或許應該說是中篇集比較符合現實吧。這是把曾經在《*Giallo*》上刊載的作品整理成冊的作品集。

跟編輯討論時決定的大方針如下：

- 以非系列化作品集為目標，嘗試許多不同形式。
- 無論何種形式，核心都依然是本格推理。
- 作品單篇完結，將故事舞台、角色的魅力發揮到最大極限。

根據這個方針，我想我算是得以自由地發揮。以非系列化為前提來構思每一篇作品也相當愉快，在這當中進行的許多「實驗」都成了我的養分。

在這裡請容我為各位稍微說明成為各篇發想原點的作品或者我自己的偏好等等這些幕後故事。

〈透明人潛入密室〉（《*Giallo*》No.62，2017年12月）

我喜歡科幻推理，喜歡倒敘推理。

我的靈感來自切斯特頓的〈看不見的人〉（*The Invisible Man*）。那篇作品中以悖論來解釋不被任何人發現侵入密室又消失的機關。故事的精髓在於並非實體上看不見、而是心理上看不見。

但如果換成真正的透明人，又會如何？

存在透明人的世界，確實身在密室中，卻看不見的透明人……假如我能成功寫出這種密室機關，也算是對我摯愛的切斯特頓一種致敬。

不過透明人的生活應該也會有種種限制。閱讀《穿牆隱形人》和克里斯多福・普里斯特（Christopher McKenzie Priest）的長篇時我都有這種感覺。該怎麼走在人潮洶湧的地方？消化狀況如何？如果從兇手的角度寫下這些嘗試，應該就能成為像樣的倒敘推理。對於喜歡《神探可倫坡》和《古畑任三郎》的我來說，實在是相當令人雀躍的過程。

這篇短篇也被選入《最佳本格推理2018》（發行文庫本時更名為《最佳本格推理TOP5 短篇傑作選004》），是我投注極多心力的作品。

最後對於整體結構感到迷惘時，從石澤英太郎的〈羊齒行〉這部短篇獲得了靈感。〈羊齒行〉這篇推理小說以倒敘方式描寫，揭露罪行的瞬間手法俐落漂亮，小道具的用法也很高明。十分推薦大家閱讀。

〈六個狂熱的日本人〉（《*Giallo*》No.64，2018年6月）

我喜歡密室劇，喜歡偶像。

結合這兩者的傑作電影已經存在，那就是《如月疑雲》這部作品，在偶像週年忌齊聚的五個偶像狂粉，展開一番唇槍舌劍互相告發、揭露，最後甚至出現謎樣感動的傑作（怪作）。收回伏筆、推展的手法，有許多地方都讓人想到電影《十二怒漢》和《十二個溫柔的男人》，是我相當喜歡的作品。

我希望挑戰這齣傑作電影。那麼，如果以當時日本的裁判員審判來重現會如何呢？隨機抽選的國民，假如所有人都是程度不一的「宅宅」……在不忘本格推理原則的前提下，我試著「胡鬧」了一下。執筆時我又重讀了筒井康隆的《十二個愉快的男人》，成為很好的驅動力。我開懷大笑，激勵自己：「也要寫出這樣的作品。」

說到偶像，不得不提到讓我成為偶像宅的「THE IDOL M@ATER」系列，但說來話長，這個話題就在此擱筆。

在這裡只提及與本篇的成立有關的部分。

在構思之前，我推的偶像團體解散，心中好像開了一個大洞，為了填滿這個空缺，想出了這個作品，感覺似乎會被大家吐槽：「那為什麼還寫出這種亂七八糟的短篇！」

不能一直難過下去。她們告訴我「最棒的瞬間」不會永遠持續。但是告訴我這個世界上也確實存在「最棒的瞬間」的，也一樣是她們。

〈被竊聽的命案〉（《*Giallo*》No.67，2019年3月）

我喜歡偵探，喜歡猜兇手。

沒錯，猜兇手。這篇作品是本書中唯一意識到猜兇手而寫。假如有讀者先看了這篇後記，也希望大家挑戰一下自己的推理。

鎖定兇手的邏輯是在構思拙作《星詠師的記憶》時想到的手法。當時在《星詠師的記憶》的設定之下無法順利套用（因為《星詠師的記憶》為了突顯出讀唇術，想打造出無聲的世界），所以重新以中短篇來呈現。

偵探的設定我是在喝酒的席間想到的。我經常用一些特殊設定，但是大家都說，我好像很少寫到具備特殊能力的偵探（本篇發表後的《紅蓮館殺人事件》（講談社）中「可以看穿謊言的偵探」應該算……吧？）。這是連續劇裡常見的設定。比方說具有敏銳味覺的《擁有神之舌的男人》，或者擁有優異嗅覺的《嗅覺神探（The Sniffer）》等……當我思考到這些的時候，發現過去似乎沒有「耳朵特別靈光的偵探」，決定一試。

來到討論部分時，最後給了我許多提示的是天藤真的短篇〈撿星星的男人們〉。天藤真的短篇不管什麼時候讀來都相當有趣，我很喜歡。

另外本篇在刊載於《*Giallo*》上的版本之上又進行了大幅增修。《*Giallo*》版本較強調具備超能力的偵探心中的苦惱，但我後來想到讓這對偵探搭檔更有魅力的寫法，於是向編輯提議改稿。好奇的讀者歡迎對照比較，應該會很有意思。

另外在電視連續劇系列《繼續》中，有一集與〈被竊聽的命案〉完全同名。當初寫這篇作品的時候我並沒有發現，之前重看時大為驚訝。連續劇中對於機關和竊聽器的用法也做出了相當有趣的推理，不妨一併欣賞。

〈逃離第13號艙房〉（《*Giallo*》No.70，2019年12月）

我喜歡真實的逃脫遊戲，喜歡船上推理。

起因是傑克．福翠爾。我總覺得很少看到跟〈逃離第13號艙房〉類似的作品。為了「鬥智」而從監獄逃脫，這種設定或許很難在現代重現。那麼什麼才是符合現代現實的「鬥智」情境呢？……想到這裡時，我腦中出現了將「逃脫遊戲」跟福翠爾結合的點子。逃脫遊戲中，必須「真的逃脫」……高中和大學時期我曾經跟朋友一起參加過「SCRAP」主辦的真實逃脫遊戲，運用當時經驗，寫下了這個故事。遊戲劇本本身如果不夠有趣就稱不上致敬，因此我先完成了劇本，之後再思考「綁架」的架構。

我從福翠爾身上也獲得了「船」這個靈感。福翠爾在鐵達尼號上結束他的生命。如同本作中所提及，麥斯．艾倫．柯林斯和若竹七海都曾經運用這個史實寫出超級有趣的長篇，這也促成了我十分想挑戰這個題材的原因。

我自己認為船上推理有許多優秀傑作。在船這個有限空間中，可以發展出密度相當高的情節……不過我想最重要的還是船上那令人雀躍的氣氛吧。約翰・狄克森・卡爾（John Dickson Carr）的《盲理髮師》（*The Blind Barber*）、泡坂妻夫的《喜劇悲喜劇》、彼得・拉佛西（Peter Harmer Lovesey）的《冒牌警探狄友》（*The False Inspector Dew*）……近年來還有瑟巴斯提昂・費策克（Sebastian Fitzek）的《23號乘客》（*Passagier 23*）和凱薩琳・萊恩・霍華德（Catherine Ryan Howard）的《遇難信號》（*Distress Signals*）等等，都是我非常喜歡的作品。

但是再怎麼說，最棒的還是阿嘉莎・克莉絲蒂（Dame Agatha Mary Clarissa Christie）的《尼羅河謀殺案》（*Death on the Nile*）。客船之旅的雀躍感，除了主要謎題以外在支線不斷迸放的解謎和伏線回收，主要謎題解法之精妙……每一條發展都下足功夫，是令人想大聲讚嘆「船上推理就該做到這個境界！」的精采傑作。

整體來說，這是我覺得寫起來手感很好，也相當愉快的作品。

以上就是這次呈現給各位的四篇作品。

另外還有一個小彩蛋，這四篇各自代表了四季。剛好依序各發生在夏、春、冬、秋，這是根據書寫時期發生的巧合，就結果來說，可以說是充滿了四季色彩、多樣豐富的作品集。

今後如果還繼續創作非系列化的作品，可能會再以第二部短篇集的形式跟各位見面。說不定之後會衍生出能發展為系列的作品，不過我先不貪心，希望暫且享受這每一篇「實驗」的樂趣。

最後我要藉這個機會感謝從出道作以來持續給我機會琢磨作品的光文社S氏和H氏，每回《*Giallo*》出刊都會仔細回饋感想的講談社I氏，還有總是支持我、告訴我很多感想的朋友們。同時也要將我最深的感謝獻給閱讀本書的讀者們。

那麼我們有緣再見。

令和2年（二〇二〇）1月吉日

阿津川辰海

＊本作品為虛構故事，與實際人物、團體、事件概無關聯。

春日
ハルヒブンコ
文庫
116

透明人潛入密室

透明人間は密室に潜む

透明人潛入密室 / 阿津川辰海作 ; 詹慕如譯. -- 初版. -- 臺北市 : 春天出版國際文化有限公司, 2022.11
面 ;　公分. -- (春日文庫 ; 116)
譯自 : 透明人間は密室に潜む
ISBN 978-957-741-604-9(平裝)

861.57　　111015363

ISBN 978-957-741-604-9
Printed in Taiwan

作　　者　阿津川辰海
譯　　者　詹慕如
總 編 輯　莊宜勳
主　　編　鍾靈

出 版 者　春天出版國際文化有限公司
地　　址　台北市大安區忠孝東路4段303號4樓之1
電　　話　02-7733-4070
傳　　眞　02-7733-4069
E－mail　bookspring@bookspring.com.tw
網　　址　http://www.bookspring.com.tw
部 落 格　http://blog.pixnet.net/bookspring
郵政帳號　19705538
戶　　名　春天出版國際文化有限公司
法律顧問　蕭顯忠律師事務所
出版日期　二〇二二年十一月初版

定　　價　380元

總 經 銷　楨德圖書事業有限公司
地　　址　新北市新店區中興路二段196號8樓
電　　話　02-8919-3186
傳　　眞　02-8914-5524
香港總代理　一代匯集
地　　址　九龍旺角塘尾道64號 龍駒企業大廈10 B&D室
電　　話　852-2783-8102
傳　　眞　852-2396-0050